숨어 있는 생生

숨어 있는 생

박명희 장편소설

도서출판 북인

Contents

숨어 있는 생

1. 집이 사람이다

그날 상춘당常春堂 정원에서 봄꽃들은 다투어 피고 있었다.

"저에게 하실 말씀 없으세요?"

가쁜 숨을 뱉어대는 아버지 홍필승에게 해강이 벌써 몇 번째 묻고 있다. 아버지의 눈은 그녀의 눈에 머물고 있다. 눈두덩이 내려와 눈을 반쯤 가렸어도 눈동자는 움직이는 듯하다. 입도 무슨 말을 할 듯 입술이 움직이는 것 같았지만 소리로 나오지는 못한다.

"하고 싶은 말씀 하세요. 귀는 알아들으세요."

홍해강의 후배 의사가 말한다.

아버지에게 할 말이 있는 것은 아니었다. 듣고 싶은 말이 있다.

수십 개의 줄로 컴퓨터와 홍필승의 몸을 잇는 모니터에서 미세하게 꺾은금을 오르내리던 선이 일제히 바닥까지 내려갔다. 삐이삐이,

소리가 날카롭게 울렸다.

"운명하셨습니다."

해강은 아버지의 죽음이 실감나지 않아 잠시 울컥했지만 눈물 한 방울 나오지 않았다. 긴 한숨이 나온다. 죽음은 회한도 씻어주는 것인가, 아버지 얼굴을 그렇게 오래 들여다본 적도 생에 처음이다.

홍필승이 쓰러지고 사흘 만이었다. 구십 나이에도 그는 정정했다. 아침마다 그는 젊은 사람들이 입는 청색 트레이닝복 차림으로 상춘당 너른 마당에서 탁한 음성으로 하낫, 두울, 세엣을 외치며 국민보건체조를 하고 난 다음에 정원 뒤 잡풀이 무성해진 채소밭 가를 몇 바퀴씩 돌았다.

식욕도 왕성했다. 쓰러지기 전 날 아침에도 소고기 무국에 밥을 한 그릇을 뚝딱 비웠고, 점심에 돼지 삼겹살을 상추쌈해서 입을 쩍 벌리고 오달지게 먹었다.

대학병원에서는 그의 병명을 알아내지 못했다. 인체 장기들의 기능이 전반전으로 쇠약해졌다고 했다. 평온한 임종이었다.

홍필승의 빈소를 차리기 전, 해강은 부고 보낼 곳이 막상 떠오르지 않았다. 그가 재가해서 낳았다는 남동생들을 그녀는 한번도 본 적 없었다. 그래도 연락해보려 수소문했지만 그들이 오래 전 캐나다로 이민갔다는 사실만 알 뿐 아무도 연락처를 몰랐다. 몇 안 되는 홍필승의 친구들도 세상을 떴고 그가 경찰로 있을 때, 도의원 출마해서 선거판 벌일 때 지인들도 그가 이 나라를 떠나 살던 사이에 서로의 소식을 몰랐다.

빈소 옆 식당에는 홍필승이 살던 상춘당을 경로당 삼아 드나들던 노인들 몇이 자리잡고 앉아 벌써부터 술판을 벌이고 있다.

홍필승이 커다란 이민 가방 한 개를 짐짝처럼 밀고 홀연히 삼세병원으로 들어왔을 때 해강은 자신도 모르게 눈가가 뜨거워졌다. 아버지였다. 생물학적으로 그녀를 낳았고 어머니와 함께 지낸 어린 시절 그와의 추억이 아주 없는 것도 아닐 텐데, 얼른 떠오르는 기억이 없었다. 사실 그녀는 아버지에 대해 아는 게 별로 없었다. 할아버지 할머니는 생전에 아버지에 대해 전혀 이야기해주지 않았다. 병원 간호사들이나 집안에 드나드는 친척들이 하는 말을 듣고 저절로 알아진 것뿐이다. 재혼한 그의 가족들과 서울로 영전이 되어 떠날 때도 아버지는 딸에게 이별 인사 한마디 없었다.

십오 년 만에 보는 아버지 얼굴이어도 해강은 노여움보다는 반가움이 더 컸다. 그의 모습은 크게 달라보이지도 않았다. 이마가 얼마큼 벗겨지긴 했어도 올백으로 넘긴 머리숱도 제법 있었고 검은 뿔테 안경이 눈 아래로 고집스럽게 처진 살을 감쪽같이 감춰주었다. 얇고 긴 입술 가장자리에 올올이 패인 주름살과 두둑하던 턱살이 늘어졌지만 아직 허리도 꼿꼿하고 푸른 빛이 도는 체크무늬 재킷 안에 노란 드레스셔츠 차림은 막 유럽 여행을 끝내고 돌아오는 팔자 좋은 노인네 같았다.

홍필승은 이제 막 여행을 끝낸 듯이 병원 뒷마당으로 내려섰다.

"다, 그대로 있구나. 역시 내 집이 좋아."

해강은 아무것도 묻지 않고 병원 안채의 이층 방으로 가시라고 했다. 할아버지가 돌아가시기 전까지 쓰던 방이었다. 이제는 늙었어도 해강에게 엄마 같은 상리댁과 단 둘이 사는 집 현관에는 아직도 할아버지 신발을 그대로 놓아두었다. 할아버지가 그리워서라기보다는 여자 둘만 사는 집안의 헛신발이었다. 할아버지의 갈색 가죽 구두는 안에 골을 박아두어 이십 년이 지났어도 그런대로 모양을 유지하고 있었다. 아침 출근길에 그녀는 가끔 구두코에 앉은 먼지를 닦았다.

할아버지가 쓰던 방으로 가라는 해강의 배려에 홍필승은 두 어깨를 움칠 올리며 손사래를 쳤다.

"나, 상춘당으로 간다. 부녀간이라도 너무 가까이 있으면 서로 불편해."

그는 쩌렁쩌렁한 음성으로 과장되게 웃었다. 그녀는 가만히 서 있기만 했다.

"그 집은 니 어머니와 내가 결혼해서 너 낳고 살던 내 집이야."

데릴사위로 살다 아주 오래 전에 떠났어도 여전히 그는 당당했다.

병원 안마당 정원 왼쪽 끝에 상춘당으로 내려가는 넓고 긴 계단이 있었다. 크고 넓적한 검은 돌이 박힌 층계를 내려가면 마당 깊은 곳에 고아한 한옥이 있다. 해강의 증조부 때 지어졌다는 집은 지붕이 높고 대청마루가 시원하게 트여서 뒤꼍의 울창한 대나무 숲이 내다 보였다. 마당에는 튼실하게 잘 생긴 모과나무와 향나무 산수유 오얏꽃 후박나무들이 우거져 있고, 키 큰 나무 앞으로는 장미와 작약 붓꽃 과꽃 봉숭아 채송화 등이 계절 따라 꽃을 피웠다. 지금은 말라버린 연못 자리도 보였다. 정원 뒤편에는 넓은 채소밭과 장독대가 있었다. 채소밭이 시작되는 어름에 솟을대문이 먼지를 뒤집어쓰고 있는데. 처음 그 집을 지을 때는 그쪽이 대문이었다. 대문 밖으로 지금은 거의 인적이 끊어졌지만 골목길은 아직도 그대로 있다. 식민지시대에 이 도시에 신작로가 나고, 지금의 병원 옆에 큰길로 새 대문을 낸 뒤로 그 위용을 자랑하던 솟을대문은 잊힌 채 빗장을 닫아걸고 있었다.

수년간 돌보지 않는 상춘당은 노인의 축 처진 주름살처럼 추레했다. 곰삭은 갈색 나무 기둥과 빗살장식 방문에도 대청마루에도 먼지가 더께로 쌓여 있었다. 홍필승은 그 위에 이민 가방을 서슴없이 올려놓고 점령군처럼 버티고 앉았다.

"해강아. 집이 곧 사람이다."

그녀는 홍필승의 입에서 나온 자신의 이름이 낯설었다. 언제였는가. 아버지가 딸의 이름을 불러준 것이. 선뜻 기억이 나지 않았다.

"내가 이 집이 없으면 여기 올 생각을 했겠냐? 집이 있으니 내 고향인 거다."

그녀는 그저 웃었다. 그러니까 아버지는 늙은 몸을 딸에게 의탁하러 온 게 아니고 자기 집으로 돌아온 거였다.

재가한 뒤로도 그는 잊을 만하면 불쑥불쑥 나타났는데, 딸을 보러 왔던 게 아니라 할아버지에게 인사차 들른 거였다. 그때 눈이 마주치면 너는 어느 중학교 다니느냐, 남 이야기처럼 말을 걸었고, 경찰서장에서 영전해서 서울로 간다며 할아버지에게 인사 와서 그녀를 보자 여자가 편히 살다가 시집이나 갈 것이지 고생을 사서 하는 의과대학은 왜 다니느냐고 혼잣말을 했다.

여든 살이 넘어 나타난 홍필승은 백 년 살 것처럼 건넌방과 뒷방, 사랑채까지 집 전체를 수리하려 들었다. 해강은 안방과 마루에 난방 공사를 하고 안방 뒤에 있던 머릿방에 욕실을 들여놓게 하는 걸로 공사를 맡겼다. 그를 위해서라기보다는 할아버지가 아꼈고 어머니와 살던 상춘당이 쇠락해가는 게 편치 않던 마음을 그렇게라도 다스렸다. 아무리 홍필승이라도 사람이 들어 사니 비로소 집이 살아난 느낌이었다.

공사를 마치고 마당에 잡풀들까지 뽑아내자 때마침 내린 봄비가 씻어준 마당의 나무들은 살판난 듯 푸르게 피어났다.

모두에게 집은 각자의 성城이다.

상춘당은 어느덧 마을 경로당이 되었다.

*

홍필승이 해강을 보고 활짝 웃고 있다. 그는 고인이 되어서야 딸을 보고 웃는 것이다. 늘 아래로 처져 있던 눈꼬리와 입가를 양옆으로 한껏 끌어올리며 웃는 모습이 딸에게는 많이 낯설다. 심지어 다정해 보이기까지 하다. 아니, 정확히 말하면 홍필승이 그녀를 보고 웃는 게 아니라 카메라를 보며 웃는 정치인 홍필승이 그녀가 보고 있는 것이다. 그가 도의원 출마하면서 벽보에 붙일 사진을 찍을 때 사진사가 연출해서 만들어진 작품이었다. 최대한 후보를 돋보이기 위한 당신의 표정에 욕심의 흔적으로 남아 있던 주름살과 함께 엉겨 있던 욕망, 늘 사람을 아래로 보는 우쭐한 눈초리, 이런 것들을 솜씨 좋게 발라낸 사진 속의 얼굴은 제법 거룩함을 얘기하는 위대한 정치인 같다. 이마가 넓고 그리 크지 않은 눈꼬리는 자신감에 차서 올라가 있고 넓적한 얼굴이지만 코끝은 날카롭게 서 있다. 해강은 비로소 그가 이십 년 전, 아직 할아버지 정 원장이 살아 있을 때 잠깐 나타나 도의원 선거에 출마해서 한바탕 선거판을 벌였던 때가 떠올랐다.

당시 할아버지 정 원장은 묵묵히 지켜보기만 했는데 어느 날 불쑥 예고도 없이 나타나 선거자금이 모자란다며 상춘당을 팔아달라고 했다. 할아버지가 얼마간의 돈을 내어주어 상춘당을 지킨 것으로 그녀는 알고 있다. 낙선한 뒤, 그때도 그는 그녀에게 온다간다는 말 한마디 없이 사라졌었다. 병원 단골 환자 입을 통해 그가 아들이 사는 캐나다로 갔다는 소식을 들었을 때, 화도 나지 않았다. 서글픈 체념과 함께 안도감마저 들었다.

오후가 되어 해강을 찾아온 조문객들이 뜸해진 참에 하얀 국화꽃 한 송이를 들고 고개를 살짝 숙이고 조심스러운 걸음으로 초로의 말끔한 신사가 영정 앞에 섰다. 그가 훤칠한 키를 낮춰 깊숙이 절을 할 때 해강은 그를 알아보지 못했다.

그녀의 동료 의사들이나 친구의 남편? 병원에 오는 환자나 환자 가족들 중에도 설핏 떠오르는 사람이 없었다.

고인에게 절을 마친 남자가 그녀를 마주보고 선다. 문상객에게 맞절을 해야 할 순서라 그녀는 우선 절부터 했다. 모르는 얼굴이어도 어디선가 본 듯, 얼굴 생김이 익숙하다. 젊지 않은 얼굴이어도 희끗하지만 풍성한 앞머리가 한쪽 이마에 흘러내리고 뒷머리를 단정하게 깎아올린 것이 산뜻하다.

"홍해강 선생님!"

크지 않는 눈동자에 수려하게 잘생긴 코 아래로 어색한 웃음을 흘리며 낮은 목소리로 묻는 남자를 바라보던 해강의 입에서 낮은 탄성이 흘러나왔다.

"동연이. 김동연 맞지? 동연아! 왜 이제 왔어!"

2. 조문

사람에 대한 기억은 그와 헤어지던 마지막 순간에 머물러 있다. 동연의 마음속에 남아있는 홍해강, 그녀의 모습이 그랬다. 오십 년 세월을 건너 지구 반대편에 살면서도 가슴 언저리를 맴돌다 불쑥불쑥 튀어나오던 근원 모를 먹먹한 그리움에 싸일 때, 그에게 정지된 화면처럼 그 장면이 있었다.

해강은 책을 책가방에 쑤셔넣으며 울고 있었다. 목둘레에 하얀 깃을 댄 남색 교복 어깨가 들썩였다. 양 갈래로 땋아내린 머리끝에 접힌 빨간 망사 리본이 잠자리 날개처럼 파르르 떨렸다. 삼세병원의 송집사 아저씨가 아이의 어깨를 감싸며 책가방을 들었다. 집사 아저씨는 자기 앞에 바짝 붙어 서 있는 동연을 몰라보고 옆도 보지 않고 아이를 교실 밖으로 데리고 나갔다. 중학교 입시를 앞두고 있어 그날도 아이들은 늦게까지 보충학습을 받고 있었다. 때마침 쉬는 시간이었고 선생님도 잠깐 자리를 비운 참이었다.

동연은 교실 문 앞까지 따라나갔지만 아이는 고개를 푹 숙이고 옆도 보지 않고 아저씨를 따라 총총히 가버렸다. 동연의 작은 가슴이 쿵, 하고 내려앉았다. 무엇을 어떻게 해야 할지, 마음은 급한데 멀어져가는 아이의 좁은 어깨를 넋 놓고 바라보기만 했다. 조그만 남자아이 힘으로는 어쩌지 못하는 거대한 벽이 가로막고 있는 무력감에 아이의 뒤를 쫓아갈 생각도, 불러서 무슨 일인지 물어볼 생각도 나지 않았다. 그가 본 아이의 마지막 모습이었다.

누군가 속삭이는 귓속말이 동연의 귀에 그대로 들어왔다.

"해강이 할아버지가 간첩이래."

"신문에 크게 났대. 간첩을 치료해주고 신고도 안 했다고."

"에이, 거짓말. 설마 삼세병원 원장님이 간첩이라고?"

"그렇다고 간첩은 아니잖아?"

"그래도 간첩죄가 된데."

"정말이야. 우리 엄마가 그랬어."

"해강이 아버지도 간첩 잡는 특무대 높은 사람인데?"

밖은 짙은 어둠이 성급하게 내려오고 있었다.

어쩌면 동연의 소년기는 그때로 끝났을 것이다.

*

내비게이션을 대학병원 장례식장으로 켜고 가던 동연은 갑자기 삼세병원으로 차 방향을 바꿨다. 해강을 만나기 전에 병원과 상춘당을 둘러보고 싶은 마음이 들었다. 막상 대학병원 장례식장 표지판을 보니 해강이 앞에 불쑥 나타나기가 멋쩍었다. 물론 한 달 전에 어머니를 보았으니 그를 오십 년 만에 봐도 해강이 알아보기는 할 것이다. 해강이 이번 주쯤 서울에 올라온다고 연락이 왔었는데, 해강 아버지의 부고가 먼저 온 것이다.

전날 이 도시에 사는 막내이모가 삼세병원 사위의 부고를 전했다.

"사위는 무슨, 홍필승이가 그 댁에 불 꺼진 화로가 된 게 언젠데…."

말은 그렇게 하면서도 어머니 서정임은 동연에게 조문을 재촉했다. 조문이 아니더라도 한국에 오자마자 어머니는 고향에 함께 가자고 벼렸다. 어머니만 이삿짐을 풀자마자 잠깐 해강을 보고 왔었다.

어머니는 당신의 얼굴에 쌓인 주름살만큼 해강에게 할 이야기가 쌓여 있었다. 오십 년 만에 돌아온 고국은 다시 또 그들에게 또 다른 이국이었다.

어머니가 한옥에 살기 원해서 마침 동연이 근무하게 된 대학교와 멀지 않은 동네 익선동에 자리잡았다. 조선 말 상궁들이 사저로 쓰였다는 옛 동네였다. 궁과 가까워 열댓 평 되는 작은 집들이 올망졸망하게 모여 있었다. 두 사람만 같이 가도 어깨가 닿을 듯 좁은 골목길에 몇 해 전부터 작은 변화가 생겼다. 그 작은 한옥들을 리모델링해서 아기자기한 카페와 옷가게 액세서리점 등 가게들이 들어서서 쏠쏠한 상권까지 형성되었다.

동네는 서정임의 마실 거리가 되었다. 당신이 살아온 롱아일랜드와 전혀 다른 환경이라 답답할 텐데도 여든 중반을 넘은 나이에도 어머니는 활기찼다. 슈퍼마켓이나 부근의 편의점 등에서 오케이, 탱큐를 힘있게 외치며 미국 할머니 티를 내고 돌아다녔다.

"미국에서는 안 나오던 영어가 여기 오니까 자꾸 튀어나오네. 오십 년을 살아도 미국 사람들 앞에서 한국말이 시도 때도 없이 나와서 혼났는데. 에고, 여긴 우리 말 해도 되니까 좋다! 영어 안 해도 되니까 숨을 제대로 쉬는 것 같다."

어머니 얼굴에 생기가 나 깊이 패였던 주름살도 부드러워졌다. 하얀 머리여도 탄력 잃어 얼굴 피부가 늘어지고 주름이 잡혔어도 어머니는 동연에게는 여전히 고운 어머니였다. 어머니는 여자가 아니었다. 그냥 어머니였다.

동연이 정임에게 한국 가면 살 수 있겠느냐고 어렵게 말을 꺼냈을 때, 어머니의 눈에서는 빛이 나더니 몸 안에 불이라도 켜진 듯 표정이 밝아졌다.

"그런데 한국 가면 뭐 해먹고 살지? 여기 대학에 아직 더 일할 수 있는데."

동연의 아내가 프랑스로 떠난 뒤 막연히 변화를 원하던 참에 서울에 있던 친구가 사립대학원 교수직을 제안해왔다. 어머니는 한국행을 망설이던 그에게 용기를 주었다.

"니가 말을 하니까, 하는 말이지만 솔직히 언젠가부터 나는 한국 가서 살아보는 게 꿈이었어."

어머니의 마음은 이미 당신 형제들이 사는 한국으로 가고 있었다.

"니가 에미하고 이렇게 되지 않았으면 한국 가서 이모들이랑 함께 시니어하우스에서 살려고 했어."

들으며 생각하니 아내가 나갈 때, 아내를 붙잡으며 '내가 한국 가 살 테니 너희들은 여기 같이 살아라'고 했던 어머니의 말이 빈말은 아니었다. 동연은 서울살이가 대강이나마 정리되어 해강을 보러 삼세병원과 그 아래 상춘당을 찾아가려던 참에 홍필승의 부고가 앞장서 온 것이다.

톨게이트를 빠져나와 차를 모는데 동연이 열세 살에 떠나온 고향은 이미 찾을 수 없었다. 이 나라 다른 도시의 진입로와 비슷한 풍경만 스쳐갔다. 내비게이션의 감성 없는 말투의 지시어를 한참 따라가다 보니 눈에 익은 하천이 나왔다. 이 도시를 동서로 가르는 넓고 긴 내인데 둔치에는 잡풀들만 무성해지고 물길은 눈에 잡힐 듯 말 듯 가늘어졌다. 여름이면 미역을 감던 물길은 거의 밭아버렸고 징검다리를 건너던 빨래터도 없다. 여기서부터는 그에게 낯익은 길이다. 그곳은 크게 변하지도 않았다. 도시 북서쪽으로 혁신도시가 새로 건설되고 도청이 그리로 옮겨가는 바람에 그 동네가 다 죽어버렸다고 막내 이모가 탄식했었다.

그러나 동연은 그대로 남아 있어준 고향의 모습에 안도했다. 울창해진 산과 가옥들도 보였고 낡고 쇠잔해진 옛살비(고향의 옛 말)의 모습이 늙은 부모의 얼굴처럼 반갑고 애잔했다. 그리고 이곳에 해강이 살고 있다.

'고향은 기다려주는 사람이 있어 의미가 있다.'

담황색 페인트를 입힌 아담한 일본식 이층 건물이 보인다. 흰 바탕에 검은 글씨로 쓴 '삼세병원'이라는 낯익은 간판이 그대로 있다. 간판 아래 구석에 '홍해강소아과'라는 표시에 그는 혼자 웃음을 물었다. 반갑고 그리운 마음에 가슴이 뭉클했다. 간판 글씨가 귀엽게 보일 수도 있다.

아무리 구시가지라도 한두 군데쯤 현대식 건물들이 보이는데 전혀 눈에 띄지 않는다. 큰길 한가운데서 나지막이 서 있는 삼세병원 건물은 지금은 일본 교토 같은 지방 도시에 가야 볼 수 있는 구식 건물 그대로였다.

병원을 지키던 쌍꺼풀진 눈이 고아보이는 간호사에게 동연은 자신을 구구하게 설명한다.

"그러니까 아저씨가 우리 원장님 어릴 적 남친이셨네요?"

간호사가 흥미롭다는 듯 눈알을 반짝이며 재미있는 사연을 듣고 싶다는 듯 묻는다.

병원 대기실은 그가 기억하던 회벽칠해진 대기실이 아니다. 실내는 완벽하게 요즘 식으로 리모델링되어 깔끔했다. 그러나 먼저 천정까지 닿는 커다란 벽시계가 눈에 뜨여 반갑다. 시계장 안의 하얀 문자판에는 금장으로 로마숫자가 새겨져 있고 그 아래 늘어져 있는 쇠줄을 잡아당기면 대접만 한 추가 규칙적으로 연동운동을 하며 시계바늘을 재깍거리게 했다. 요즘은 박물관에나 가야 볼 수 있을 이 시계가 연두색 가죽 의자와 나무 탁자 등 현대식 가구와도 그럴듯하게 조화를 이룬다. 어렸을 적 어머니를 따라 그곳에 드나들 때부터 시계추가 신기해서 바라보다가 만져보고 싶던 기억이 새롭다. 그는 시간을 거슬러올라간 과거가 새롭게 재현되는 흥분을 애써 눌렀다. 그렇다. 우리는 같은 시간을 살아왔다. 평행우주처럼 지구 반대편에서 살았어도 시간은 같이 흘렀다. 이 세상에 째깍째깍 돌아가는 초침만큼 단호하고 정직한 게 있을까. 그리고 그 소리는 순간을 살고 영원히 사라져버린다.

동연은 시간의 흔적을 찾아 진료실 옆으로 난 문을 열고 병원 뒷마당으로 나온다. 하얀 목련이 파란 하늘 아래 그를 향해 피어난다. 그 옆의 후박나무도 푸른 빛을 내기 시작한다. 붉은 벽돌의 이층집이 고즈넉이 나무 사이로 보인다. 병원 안집이다. 그는 마당 왼편 끝으로 가본다. 상춘당으로 내려가는 계단 아래로 고단하게 낡은 고택이 내려다보인다.

*

해강이 자신을 동연아, 라고 반갑게 불러주었을 때, 동연은 자신에게 체질로 배여 있던 남녀간의 스스러움이 사라졌음을 느꼈다. 그리고 열세 살 소녀 홍해강이 그대로 거기 있었다. 연륜은 오십 년 세월을 넘어 만나는 여자 친구라도 서로 편하게 하는 너그러움이 있는가. 그는 설핏, 눈가가 뜨거워졌다. 아릿한 아픔이 싸하게 번지며 가슴이 아픈데, 더 안쓰러운 점은 해강이 빈소의 상주 자리에 서 있는 것이다. 그러나 해말간 얼굴 위에 외겹의 얇은 눈가에 담겼던 눈웃음 머금고 그를 본다. 코를 찡긋하고 웃는 모습도 낯익다.

"니가 미국서 이사온 다음 바로 오셨던 이모에게 소식 들어 알고 있었지만 우리 아버지 돌아가신 건 어떻게 알았어?"

동연은 고인에 대한 문상을 의례적인 인사를 더 건네야 할 텐데 다른 문상객이 그들의 대화를 막아선다. 퇴근하고 들르는 그녀의 지인들이다. 해강은 그를 빈소 안쪽 가족들이 묶는 방으로 안내한다.

세 평 남짓한 마루방에 긴 소파가 기역 자로 놓여 있다. 그는 소파에 앉아 고인을 생각한다. 조금 전 홍필승의 영정사진은 그가 모르는 얼굴이었다. 어머니와 함께 상춘당에 드나들던 유년 시절의 그는 언제나 경찰 모자를 쓴 크고 무서운 아저씨였다. 금방이라도 이놈! 하고 잡아갈 것 같은 분위기라 그와 눈을 마주치지 못했다. 국민학교 때도 몇 번은 스쳐지나며 보았을 텐데 기억에 없다. 지금 그는 지극히 혼란스럽고 복잡하다.

어젯밤 어머니에게 들은 길고 긴 이야기가 마치 눈으로 본 것처럼 생생하다. 어찌 보면 오십 년이라는 시간이 민둥산이 울창한 숲으로 우거진 긴 시간인데 짧은 시간 같기도 하다.

자신이 홍필승의 문상을 온 게 아니라 한 인간의 마지막을 확인하러온 기분마저 든다.

상리댁이 밥상을 들고 와 바닥에 내려놓으며 동연을 본다.

"시상에나, 니가 동연이담서? 미국서 엄니랑 같이 왔담서? 몰라보겄네. 엄니는 먼저 봤는디. 동연이는 왜 인자사 왔당가?"

동연도 상리댁을 또렷이 기억한다. 늘 뜨거운 밥을 해주었고 간식거리도 챙겨주었다.

"아니고 내 정신 좀 보소. 밥상 들고 와서, 멀리서 온 손님한티."

그런데 밥이 겸상이었다.

"우리 해강 원장도 문상객들 땜에 오늘 암것도 못 드싰어, 니가 와서 정말 반갑네. 정말 좋다!"

맑고 빨간 홍어탕 냄새가 속절없이 식욕을 돋웠다. 하얀 쌀밥에서 김이 오른다. 전과 나물과 떡까지 상이 푸짐하다. 그제야 동연은 점심도 걸렀음을 안다. 그러나 선뜻 밥상 앞으로 못 가고 있는데 해강이 들어온다. 조금 전 처음 그녀를 보았을 때는 옛 모습 그대로라고 여겼는데 다시 보니 그녀에게도 역시 세월은 비키지 못했다. 검은 블라우스에 안의 좁은 어깨와 가는 허리가 휘청거리는 것 같다. 코를 찡긋하며 입꼬리를 살짝 올리며 웃는 눈가에 주름이 작은 파문처럼 번진다.

"왜? 이모는 몸이 안 좋으셔서 못 오신 거야?"

"걱정마, 우리 어머니 서정임 여사 건강하셔."

"한 달 전에 오시고 금방 오실 것같이 하고는 안 오셨어. 하긴 집 정리 하느라 힘드셨겠지."

"근데 넌 이제야 와? 아버지 돌아가시지 않았으면 더 있다 왔겠네."

해강이 곱게 눈을 흘긴다.

"하긴 내가 서울 나들이를 하려고 준비 중이었데 이런 일을 당한 거야. 궁금한 얘긴 차차 하기로 하고 우선 먹어. 이거, 홍어탕이야."

"니 엄니가 상리는 여러 번 다녀갔었지, 미국 가기 전날에도 해강 선생 보고 가싯응게. 전에 여그 오싯을 때도 홍필승이 보고 가라고 혀도 그냥 가버리더라고. 허긴 홍필승이 보고자펐겠어?"

국물에서 미나리 향내가 코끝에 닿는다. 검은 생선의 맛이 묘하게 입맛을 당긴다.

그는 어릴 적 제사 때마다 먹던 홍어찜이 생각난다. 오래 눌려 있던 식욕이 목을 타고오른다. 시원한 홍어탕 맛이 입안을 녹이는 것 같다. 해강은 국물만 깨작거리다가 그가 식사가 끝내자 과일을 권한다.

3. 살붙이 아닌 딸

서정임은 서울 가는 기차 맨 뒤칸 문을 열고 나왔다. 세찬 겨울바람이 그녀를 잡아먹을 듯 한꺼번에 달려들었다. 평행으로 달리던 레일이 소실점을 보이며 멀어져갔다. 스쳐지나가는 산과 들을 보며 정임은 마음놓고 울음을 쏟아냈다. 기차 강철 바퀴가 삼킨 울음소리는 그녀의 귀에도 들어오지 않았다. 산과 들과 강을 스쳐가는 모진 바람도 그녀는 깨닫지 못했다.

'살붙이가 아닌 딸은 정말 쓸모없구나. 아버지 같은 정 원장님이 그런 험한 곳에 계시는데, 부모도 없는 딸 같은 해강을 버리고 나 혼자 잘 살겠다고 내 길만 찾아가니.'

모질고 인정머리 없는 이별이었다.

정임의 남편 김윤식은 오래 전부터 미국 이민 비자를 신청해놓고 발급되기를 기다려왔다. 그가 유토피아로 가는 입장권쯤으로 믿고 기다리면 비자가 나오자마자 그는 당장 뉴욕 행을 서둘렀다. 정임의 의사도 묻지 않고 강행한 미국 이민 신청이었다. 정임은 크고 대단하다는 나라, 미국에 대한 동경은 있었지만 막상 부모형제, 무엇보다 험한 곳에 계신 정 원장과 부모 없는 해강이까지 두고 먼 나라까지 가기가 썩 내키지 않았다.

서너 달 전 지방 일간지 사회면 맨 윗단에 삼세병원 정연재 원장의 사진이 올라왔다.

정 원장이 맹장염에 걸린 남파간첩을 치료해주고도 신고하지 않은 사실이 발각되어 방첩대에 수감되었다는 내용이었다. 그의 죄목은 또 있었다. 6·25 북한치하에서 북한군인들을 치료했다는 해묵은 부역혐의였다. 사람들은 술렁거렸다. 정 원장은 그 도시에서 가장 존경받는 의사였다. 그 도시 사람들은 몸이 아프면 삼세병원부터 찾았다. 병원 대기실은 날마다 장터처럼 환자로 가득 찼다. 환자들은 기다리는 시간에 병이 더 심해질 것같이 지쳤다가도 정 원장의 차분하고 넉넉한 웃음 띤 얼굴을 대하고 진료를 받고 나오면 병이 다 나은 것같이 그를 믿었다.

그런 정 원장이 간첩을 숨겨주고 치료해주었다는 무서운 사실을 사람들은 믿을 수 없었다. 실제로 그의 병원 문이 닫히자 그들은 배반감에 떨었고 경악했다. 남과 북이 휴전한 지 십여 년이지만 사람들은 엊그제 일처럼 전쟁의 상흔을 가슴에 안고 있었다. 그들은 북쪽 사람을 겁냈다. 두려움은 증오로 변했다.

석간신문을 보고 서정임이 삼세병원으로 달려갔을 때 해강을 만날 수 없었다. 인주가 해강을 상리댁과 함께 아버지의 당숙이 사는 상리로 보냈다고 했다. 인주는 넋이 나간 듯 울지도 않았다.

정임은 인주에게 인사도 없이 홀린 듯 달려서 방첩대로 갔다. 가는 길 전봇대마다 간첩 신고 벽보가 붙어 있고 반공 멸공 포스터가 평소보다 더 그녀의 눈에 들어왔다. 그때마다 화인처럼 그녀의 가슴이 따끔거렸다. 빨갱이는 어느 악당보다 무섭고 어느 흉악범보다 잔혹한 존재였다.

방첩대에서 잠깐 홍필승의 얼굴을 보았다.

"아, 참 여기가 어딘 줄 알고 함부로 와요? 동연 어머니는 똥인지, 된장인지 분별이 안 되나요? 나도 지금 장인어른 면회 못해요. 간첩죄 수사 중인데, 씨팔, 사위인 내 입장도 지금 난처하단 말입니다."

두 팔을 내저으며 몰아붙이는 그의 어깨가 그날 따라 유별나게 넓어 보였다.

땅거미가 내려앉은 길을 걸으며 그녀는 혼자 중얼거렸다.

'정보부에 김 대위님이 다녀간 것이 탄로났나? 언제적 일인데. 혹 누군가의 음모일 수도 있어. 군사독재하는 사람들이 무슨 죄는 조작 못할까? 그런데 왜? 가만, 아무리 간첩이라도 의사가 죽어가는 환자를 살려야 하는 거 아닌가? 그래, 맹장염을 제때 치료 못해 복막염이 되는데. 환자가 오면 원장님은 그럴 수도 있겠네. 아무리 간첩이라도. 그리고 환자가 간첩인 줄 어떻게 알았겠어? 하긴 그래도 치료가 끝나면 신고는 했어야지. 완치가 되면 신고하려 하셨겠지. 그 전에 간첩은 도망쳤을 테고,'

그때 섬광처럼 몇 해 전에 김단이 인주를 만나고 간 사실이 떠올랐다.

'혹 김 대위님이? 그때가 언제 일인데.'

정임의 양팔에 소름이 칼끝처럼 돋았다.

집에 오니 남편 김윤식은 아직 퇴근 전이었고 동연이 두 볼이 축 처진 얼굴로 대문을 열자마자 소리쳤다.

"해강이 할아버지가 잡혀가셨다는데 엄만 어디에 계시다 인제야 오신 거예요?"

"오늘 학교 보충수업 끝날 때 해강이를 송 집사님이 데리고 갔어요. 무슨 일인지 해강이는 울고 갔고 나는 쳐다보지도 않았어요. 그런데 해강이 할아버지가 정말 간첩이에요? 아니죠?"

이튿날 인주가 전화를 했다. 정임이와 동연이 함께 사진관에 가서 사진을 찍자고 했다. 이 판국에 무슨 사진이냐고 하려다 인주 음성이 하도 애처롭게 들려 동연을 데리고 사진관으로 갔다.

"해강이랑 같이 찍으면 좋았을 텐데."

동연이 말꼬리를 흐렸다.

처음에는 동연을 앉히고 찍었다. 다음에 정임을 불렀다. 정임은 사진사가 지시하는 대로 자세를 취했다. 그들은 사진사가 웃으라면 웃고 머리칼을 올리라면 올리고 고개를 살짝 움직이라면 그대로 했다. 마지막으로 인주가 독사진을 찍겠다고 했다. 그 사진이 불과 며칠 후 영정 사진이 될 줄은 꿈에도 몰랐다.

정임은 정 원장을 구치소에서 면회했었다. 그가 방첩대에서 구치소로 이감된 다음날이었다. 신문사 사회부장을 하는 남편이 어렵게 주선해준 자리였다. 인주에게 같이 면회를 가자고 했지만 그녀는 몸이 안 좋다고 먼저 다녀오라고 했다.

붉은 벽돌의 구치소는 거대하고 위협적이었다. 주변에서 흔히 접하지 않는 악인들만 있는 곳이고 보통 사람들은 갈 일이 없는 험한 곳이었다. 그런 곳에 정 원장이 있었다. 믿을 수 없었다. 흰 회칠을 한 구치소 벽은 불결했다. 정 원장과 정임의 사이를 가로막은 유리벽에는 수많은 지문이 버짐처럼 번져 있었다. 정 원장은 창살 안에서도 의연한 웃음을 지었다. 어깨가 넓고 허리가 반듯한 중후한 신사였다. 곧 환갑이 될 텐데도 검은 눈썹이 아직도 그대로였고 촉촉한 눈빛에 정이 가득했다. 그러나 수의 안의 몸은 헐거워 보이고 턱을 덮은 수염이 한꺼번에 늙어버린 것 같았다. 아버지 같은 친구 아버지이고 스승이었다.

"우리 정임이 왔구나."

정임을 반기는 음성은 여전히 낭랑했지만, 마른 입술이 곧 터질 듯 까칠했다. 정임은 아무 말도 할 수 없었다. 방첩대에서 고문은 없었는지. 몸은 상하지 않으셨는지, 추위를 어떻게 견디시는지, 음식은 잘 드시는지, 정임이 차입해준 전복죽은 잘 드셨는지 그런 말을 묻지 못했다. 정 원장이 동연이 잘 있느냐고 먼저 물었다. 그리고 해강을 인주가 상리 당숙에게 보냈으니 걱정하지 말라고 했다.

궁벽한 시골 상리에 산다는 정 원장의 당숙을 정임도 몇 번 본 적 있었다. 그는 턱이 뾰족하고 광대뼈가 튀어나온 작고 까만 얼굴에 검정 두루마기를 입고 있었다. 그는 도시에서는 귀한 흰고구마며 고사리 등 산나물을 들고 왔었다. 정 원장이 그의 아들들 서울 유학을 돕고 있다고 들었다.

정 원장은 교도관 쪽을 바라보았다. 그리고는 작은 목소리로 말했다.

"그가 인주를 만나러 왔었다."

"저도 알아요, 그게 몇 년 전 일인데…."

정임은 그가 누구인지 금세 알아들었다.

천장을 올려다보는 정 원장의 눈에 물기가 번졌다. 교도관을 의식해서 주어를 생략하고 말하는 정 원장은 여태까지 정임이 거목으로 의지하던 어른이 아니고 자신이 돌봐주어야 할 늙고 초라한 노인 같았다.

'누구를 사랑한다는 일은 가슴에 칼 하나를 꽂는 거야.'

인주가 북쪽 하늘을 바라보며 정임에게 말했었다.

"그분이 해강이 만났다면서요."

정 원장이 고개를 끄덕였다.

"아저씬 줄 알고 해강이를 안아보았다고 하더구나. 아이에게 훗날 상처가 될 것 같고, 위험하기도 했고, 다행이다. 해맑게 웃고 있는 해강이 얼굴을 보고 가서."

아까부터 교도관은 면회 시간이 끝났음을 알렸다.

*

구불구불한 비포장길을 버스는 덜컹대고 심하게 투덜대며 달렸다. 정임은 해강이 먼 유배지 같은 곳에 지낸다고 생각하니 막막했다. 그곳에 가면 정말 해강이가 있을까 싶었다.

하얀 눈들을 쓴 높은 산들이 사방에서 햇살을 퉁겨내며 천천히 멀어져갔다. 어제 내리던 눈이 비가 되어 그런대로 버스길이 미끄럽지는 않았다. 상리는 지도상으로 같은 도내인데 벌써 여섯 시간을 왔다. 정 원장 말로 신문도 안 가고 전기도 없고 전화도 안 통하는 생오지이니 해강이 정 원장이 출소할 때까지 모르고 지낼 수 있을 거라고 했다.

같이 타고 온 승객도 거의 내리고 종점에서 버스는 정임을 내려주었다. 오래 버스 속에서 시달렸지만 그리 피곤한지도 몰랐다.

상리에서 정 원장의 당숙집을 찾는 일은 어렵지 않았다. 촌수가 높아서 정 원장의 당숙이지 그는 정 원장과 비슷한 연배로 보였다. 그래도 읍내라 차부 근처에는 잡화점이나 약방 등 시가지가 있었다. 병원 송 집사가 일러준 대로 국민학교를 끼고 돌으니 고만고만한 함석집 기와집 등이 모여 있는 마을이 나왔다. 맞은편은 낮고 하얀 구릉이었다. 십 분쯤 걸으니 좁은 계곡이 나왔다. 계곡 사이에 서 있는 나무들이 일제히 눈꽃을 피우며 불어오는 바람에 파르르 떨고 있었다.

얼어붙은 계곡 밑으로 흐르는 물소리가 들려왔다. 얼음장 밑으로 물고기가 살고 있을 것이다.

그 부근에서 푸른 함석지붕집을 찾으라고 해서 난감했는데, 푸른 대문 기둥에 문패가 보였다. 정 씨라는 이름만 확인하고 대문이 비스듬히 열려 있는 문을 밀어보았다. 해 바른 마당 한쪽에 무를 잘라낸 무청이 쌓여 있는 풍경이 그림같이 고왔다.

당숙모로 보이는 할머니가 먼지도 없는 좁은 마루를 걸레로 연신 닦아내며 정임을 마루로 오르게 했다. 상리댁이 부엌에서 나왔다.

"동연 엄니가 여그까장 어뜨케 왔대여?"

해강이 상리댁의 목소리를 듣고 안방 문을 열고 나와 정임의 품에 안겼다.

"이모."

문풍지를 덧발라놓은 문은 매끄럽게 열리지 않았다. 해강의 밝은 목소리에 정임은 순간 어리둥절했다. 눈만 마주치면 정임을 붙잡고 울 줄 알았던 해강의 반가운 음성이 그녀를 깨우쳤다. 정임도 해강의 어깨를 얼싸안고 함께 웃었다. 친구 딸이라도 제 딸처럼 보듬어왔다.

상리댁이 옆에서 눈물을 훔쳤다.

상리댁은 정임보다 나이는 오히려 아래였다. 17살에 시집 가자마자 남편에게 소박맞고 당숙의 소개로 삼세병원으로 온 것이다.

한지를 바른 벽은 허름해도 마른 장판 방바닥은 따뜻했고 아늑해 보였다. 시골 살림 치고는 장롱도 번듯했다.

"동연이는?"

해강이 물었다.

"집에 있어. 여기 온다고 하는 것을 내가 안 데리고 왔어."

"에이, 동연이 데리고 오지."

당숙모가 아궁이 재에 잘 익힌 흰고구마의 샛노란 속살이 정임의 입에 녹았다. 앞마당에서 퍼온 무청 동치미 맛이 맘속까지 시원하게 했다.

"촌에는 이런 것 백이 없네요."

당숙모는 연신 부엌을 들락거렸다.

정임은 해강에게 들려줄 소설처럼 만들어 온 이야기를 하지 못했다.

무의촌에서 봉사하는 정 원장 친구 의사 분이 많이 아파서, 친구가 돌보는 무의촌 환자도 돌보고 계신다는, 핑계를 만들어 왔는데, 그럴 필요가 없었다.

열세 살, 해강은 더 이상 어린아이가 아니었다. 양 갈래로 땋아내리던 머리를 하나로 묶어올린 해강은 당찼다. 외겹 눈시울이 얇아 가냘픈 눈매지만 위로 살짝 올라간 눈꼬리가 다부졌다. 여전히 웃으면 코에 주름이 잡히고 상아색 이가 보여 정임의 마음을 놓이게 했다. 전기도 통신시설이 없는 곳이어서 해강이 정 원장 일을 모르는 것이 아니라 그 일을 모르는 동네에서 해강이 주변의 시선을 받지 않게 된 것일 뿐이었다.

시래기국 끓는 고소한 냄새가 나는 부엌으로 당숙모가 가자, 당숙이 정임을 건넌방으로 불렀다.

"재판이 엇뜨게 될 것 같응가?"

"저도 잘 몰라요."

"거 참, 죄 같지도 않은 죄로, 시상 벱 없어도 살 양반을 가둬놓았어. 면회는 했담서?"

"네."

"조카님은 건강은 어쩌? 내 그렇잖히도 가볼 참이었는디, 벤호사는 샀당가?"

"인주가 알아서 할 거예요. 홍 계장님도 있고요."

"홍 계장, 그 싸가지없는 놈은 제쳐두고, 내가 시방 논 쪼깨 팔라고 내놨구만. 돈 되면 내가 가볼라고."

"그러시지 않아도 될 거예요. 인주도 있고. 인주 어머니도 있고. 송 집사님도 계시고요."

"내 알기로 돈은 원장 조카 혼자만 관리혀서 인주나 인주 엄마는 암것도 모를거여."

그때 상리댁이 불쑥 들어와 당숙에게 말했다.

"아재, 논 팔 거 없어라우, 돈은 나한티 많어라우. 십 년 넘게 그 댁에서 월급 받은 거 그대로 다 있응게. 동연엄니, 내 돈 갖고 원장님 변호사 비용 써요. 여그 통장하고 도장 있응게. 해강이엄마 디리고 왔어야 허는디 하도 정신없이 와갖고."

당숙을 담배를 깊게 들이켜 한숨처럼 내뱉었다.

"그러면 동상이 우선 변통을 해준당게, 내가 낼 가서 송 집사한티 통장을 줘야것어."

"제가 송 집사님께 드려도 되어요."

"아니여, 내가 논 팔리기 기다리다 조카님 면회를 못혔어. 이제 동상이 통장을 주니 내가 가서 조카님 면회도 허고 인주도 만나보고 송 집사한티 통장도 주고 해야겄어."

정임은 작은 목소리로 말했다.

"언제까지 될지 모르지만 해강이 잘 부탁드려요."

"그려? 해강이가 얼마나 영리한지 몰라. 아까도 중학교 입학시험 공부 허고 있드라고. 여그 촌 중핵교야 걸어서 들어가는디. 또 서울서 대학 댕기는 우리 아들이 곧 방학히서 옹게, 해강이가 심심치 않을 거여. 우리 아들 서울 유학비도 다 원장 조카가 대준 거 알지라잉."

훗날 정임과의 이별을 해강은 잊지 못한다,

그 뒤로도 정임이 미국으로 떠나기 전 몇 번 들렀지만 그날 정임은 몇 달 후 한국을 떠난다는 말을 하지 않았다. 정임은 흐르는 눈물을 닦으려 하지 않고 해강을 꼭 안았다. 밥 잘 먹고 공부 잘하고 있으면 할아버지가 빨리 오실 거라도 했다. 인주도 곧 상리에 올 거라고 했다.

"할아버지가 절대로 나쁜 일을 해서 거기 계신 것이 아니야. 알지?"

해강은 고개를 끄덕였다. 간첩도 사람인데 치료해줘야 한다고.

그날 정임이 검은 코트를 입고 자주색 목도리를 아무렇게나 두르고 떠나던 모습을 오래 해강의 기억에 남아 있었다. 정임이 떠난 후, 어둔 밤 해강은 대문 앞에서 오랫동안 골목 밖을 지켜보고 서 있었다. 어머니나 정임 이모가 다시 올 것 같아서. 그리고 두 번 더 정임이 왔었다. 그러나 마지막에 미국으로 떠난다는 말을 정임은 하지 못했다.

그 후로 오십 년 세월이 흐른 것이다.

해강은 정임이 또다시 상리에 올 줄 알았다,

해강은 상리로 온 후 처음으로 울었다.

정임과 동연마저 이 땅을 떠난 것이다. 지구 반대편에 있는 미국은 돌아오지 못할 먼 곳이었다. 할아버지가 계신 그곳보다 정임과 동연은 더 먼 곳에.

해강의 어머니는 할아버지가 옥바라지 때문에 상리에 못 온다고 했다.

4. 상춘당

빈소에서 홍필승의 발인 때까지 해강을 돌봐주고 오라는 간곡한 어머니의 부탁이 아니더라도 동연은 떠나오기 전에 대학원 수업을 미뤄두고 내려왔다.

동연은 그곳에서 자신이 할 일을 찾지 못하고 두리번거렸다. 조문객들을 맞아서 안내하고 조문객들의 신발을 챙기는 일 등은 해강의 친척 몇 분들이 오가며 했다. 동연은 그들을 알지 못하고 친척들은 손님도 아니고 일가도 아닌 이 중후한 신사를 어떻게 대접해야 할지 몰랐다. 동연이 서성거리다보니 접수대가 비어 있었다. 거기 접수대에 앉으니 '부의금은 사양합니다'라는 작은 팻말이 보였고 방명록만 놓여 있었다. 찾아오는 문상객들도 모르는 사람들이었다.

다행이 해강을 찾아온 국민학교 동창생들과 반갑게 해후하고 식당에서 자리를 함께했다. 그들은 국민학교 6학년 때 먼 나라로 떠난 옛 친구를 반갑게 맞아주었다.

희끗거리는 머리를 쓸어내리며, 더러는 벗겨진 이마를 번뜩이고, 두툼해진 몸으로도 티 없이 푸르던 소년소녀로 돌아간 국민학교 동창들을 보니 정겹고 먼 나라에서 자신도 모르게 뭉쳐 있던 아련한 그리움이 녹아내렸다.

"혹시 니가 정임이 아들 아니여?"

동창생 상구를 따라온 그의 어머니가 물었다.

"네."

"에고, 맞고나. 에려서 니 얼굴이 있네. 국민핵교 6학년 때 미국으로 갔잖여? 그래 어머니는 아직 미국 사셔?"

"한 달 전부터 서울에 사십니다. 여기 한번 다녀가셨습니다."

"근디, 시방 어찌 혼자 왔데야? 엄니 몸이 불편하신 건 아녀."

"아뇨. 건강하세요."

"허긴 필승이 그놈 장례식에 오고 잡것어?"

상구 어머니는 그곳이 홍필승의 빈소라는 것도 의식하지 못하고 소리쳤다. 그녀의 아들이 작은소리로 말렸다.

"어머니, 여기가 어디라고 그렇게 큰소리로 말씀하세요.?"

그녀가 얼른 손으로 입으로 가렸다.

"응, 늙으면 이렇게 주책이다. 느그 엄니 보고 필녀라고, 한번 만나자고 혀. 한 달 전에 여그 왔다감서 연락도 안 하고. 서운허다고 전혀. 앞으로는 내가 서울 가도 좋고, 서울에는 내 딸이 상게. 고향 내리오믄 해강 원장한티 말혀. 우리 아들허고 통헝게, 나도 해강 원장한티 혈압약도 타먹고 아프면 삼세병원에 와. 말허자면 해강 원장이 내 주치의여. 더 늙기 전에 니 엄니와 꼭 만나야지. 이름은 뭣이 당가?"

"김동연입니다."

"맞어, 생각나, 동연이 6학년 때 반장이었지, 여그 오먼 서정임 소학교 동창생들이 몇 명 더 있어. 죽은 친구도 맷 있지만. 아이고, 옛동무들 만나면 얼매나 반갑것냐?"

"다음 번에는 어머님 모시고 오겠습니다."

"어찌 이렇게 잘 컷냐? 정임이가 미국 가서 아들 농사 잘 지었네."

"서울서는 뭐하는가?"

"대학원에 있습니다."

"교수여?"

상구 어머니가 끝없이 동연을 붙잡고 놓지 않자 상구가 그녀를 데리고 먼저 일어났다.

"아이고 아들 잘 키웠네."

"어머니 모셔다드리고 바로 올게."

상구가 모처럼 만난 친구들과 헤어지기 아쉬워 말한다.

"너는 기양 여그서 칭구들허고 놀아. 나사 내 발로 가지."

상구 어머니가 돌아가자 분위기는 다시 국민학교 교실로 돌아갔다. 처음 언뜻 볼 때는 낯선 얼굴이지만 환갑을 넘겼어도 자세히 보면 어린아이 얼굴이 그 안에 있었다. 따져보면 오십 년을 건너뛰고도 그 자리가 상가집이라는 사실도 잊고, 누군가 불쑥 던지는 말 한마디에 웃음을 터뜨릴 수 있었던 것은 생에서 다시 올 수 없는 빛나는 소년기를 공유하고 있어서였다. 어쩌면 마지막 차례일 것도 같은 늙은 부모를 보내는 자리였다. 이제는 자신들의 생의 짐들도 얼마만큼 내려놓고 생의 7부능선쯤에 서서 불어오는 바람 한 점에 몸을 싣고 삶을 돌아다볼 즈음이었다.

"뭣이 그리 급해서 하늘나라로 가버린 친구도 몇 명 있지만."

치열하게 살아왔던 젊은 날들이 그리우면 동창생을 만난다고 누군가 술잔을 기울이며 말했다. 국민학교 동창을 만나면 어린 시절로, 고등학교 동창을 만나면 청춘 시절로 돌아간다며 누군가 술잔을 기울이고 말했다. 그동안 동창생들을 만날 수 없었던 동연은 쓰게 웃었다. 가슴 먹먹한 외로움이 오한처럼 밀려왔다.

조문객들의 발길도 끊어지자 빈소를 친척 조카에게 맡기고 해강은 동연을 차에 태우고 장례식장을 나온다. 동연은 동창들과 어울려 소주를 꽤 마셨는데, 정신은 맑다. 호텔로 데려다달라는 동연에게 해강은 눈을 흘긴다. 그리고 코를 찡끗하며 웃었다.

"바다 건너온 손님은 여기 사는 옛 친구 말을 들어야지."

운전하는 오똑한 해강의 콧날 근처까지 옆머리가 흘러내린다. 동연은 헝클어진 그녀의 머리를 쓸어올려주고 싶었지만 그러지 못한다.

차가 큰길을 빠져 하천으로 나와 천변도로를 달릴 때 동연은 지난

이야기를 하고 싶다. 해강은 처음 만나서 답을 할 수 없을 만큼 너무나 많은 물음을 쏟아내고 여태껏 답을 들을 생각도 나지 않는 것 같았다. 그녀는 갑자기 엉뚱한 말을 한다.

"아버지가 아주 가셨는데 별 감흥이 없어. 살 만큼 사셨다고 해도 죽음은 아주 멀리 떠나보내는 영 이별인데 눈물 한 방울 나지 않아. 내가 못된 거지?"

동연은 얼른 대답을 못하다가, 왜? 말년에 당신 아들들 두고도 당신의 여생을 너에게 맡기셨는데, 라고 얼버무린다.

"나를 낳아준 아버지에게 인정 못 받는 게 어떤 건지 당해보지 않은 사람은 몰라. 부모에게 인정받지 못하는 것은 나 자신의 존재에 대한 근원적인 부정 같아서. 무시당한 소외감이랄까, 거기에 자괴감까지, 그 마음을 들키지 않고 살아내려 내 쪽에서도 아버지를 무시하려고 노력했지. 이런 맘, 할아버지나 할머니에게도 말씀드린 적 없어. 나에게 와서 몸을 의탁하고 지난 칠팔 년 동안 내가 그를 보살폈는데도 나 혼자 기다렸어. 아버지는 단 한번도 나에게 다가와 정을 보인 적이 없어."

동연도 그녀의 말을 부정하지 못한다.

상춘당은 동연이 생각 속에 있는 그대로다. 댓돌을 딛고 오르니 처마 아래 현판이 불빛 아래 희미하게 보인다. 흰 바탕에 푸른 글씨, 동연은 상춘당常春堂 혼자 소리내어 읽어본다. 병원 안집으로 정 원장

가족들이 옮겨간 뒤로 이 집을 아랫집이라고 불렀는데 홍필승과 정인주가 결혼하자 정 원장이 이 집에 당호를 붙여주었다. 그래서 동연은 이 집을 상춘당으로만 기억하는 것이다.

대청 거무튀튀한 빛깔의 우물마루는 아직도 단단하다. 마루 한쪽 벽에 소파와 작은 탁자가 있는 것 말고는 별로 변한 것도 없다. 다만 기억 속의 대청보다는 좁아진 느낌이다. 빗살무늬 문살에 바른 한지가 아늑해 보인다. 마루 뒷벽은 가운데 동살을 세워 양쪽 여닫이로 된 문에 한지를 발랐던 것을 통유리 창으로 바뀌어 있다.

"오십 년 세월 참, 실감 안 나, 순식간이야."

해강이 소파에 앉으며 동연을 바라본다. 서로 변하지 않았다고 한 말은 맞지 않았다. 다만 긴 세월을 뛰어넘어 서로를 알아볼 수 있었다는 사실만으로 그들은 변하지 않았다고 생각했던 거였다. 전등불 아래 보는 초로의 신사는 눈빛이 초롱초롱하고 꾹 다문 입술이 단호해 보였던 김동연도 아니고 볼우물 지우며 코를 찡긋하며 잘 웃던 해맑던 소녀 홍해강도 아니었다.

해강을 바라보는 동연의 짙은 눈썹 아래 눈은 젖어 있다.

"이모가 한 달 전에 오셨을 때 얼마나 반갑던지. 여전히 건강하시지?"

같이 해강을 만나러 오려고 했는데 홍필승의 부고 소식에 어머니가 오지 못했다는 말을 동연은 하지 않았다.

"이모 미국 가시고도 이 년 동안은 편지를 보내주셨어. 할아버지가 거기 계실 때는 상리로 편지가 왔어. 어찌보면 이민 간 그때가 이모에게는 가장 어려운 때였을 텐데 몰랐어. 그때 나는 미국은 상그릴라로 알고 있었거든."

그 이 년, 그 동안이 어머니에게 얼마큼 힘든 시간이었는지 동연은 알았다.

이민 간 뒤 처음 2년 동안 정임에게 미국은 지옥이었다. 자그만 모텔을 계약한다고 계약금과 중도금까지 가져간 시누이. 그러니까 정임의 남편 김윤식의 누님이 계약금과 중도금까지 다 챙겨가지고 잠적해버린 것이다. 윤식이 백방으로 알아봤지만 이미 누님은 플로리다 부근으로 이사 가버린 뒤였다. 윤식은 자기를 미국에 초청해준 누님을 찾아낸다 해도 어쩔 수 없었을 것이다.

정임의 가족은 길거리로 나앉게 되었는데, 다행히 여동생 집 다락방에 얹혀살았다. 이후 이 년 동안 정임은 제봉사로 일했다. 남편 윤식은 주유소에서 아르바이트를 하고, 편의점에서 일하다 영어가 서툴러서 해고당하기도 했고, 한번은 편의점에서 총을 든 강도에게 습격을 당하기도 했다. 이 년 만에 겨우 복구해서 한국에 있는 윤식의 본가와 정임의 친정 도움까지 받아가며 세탁소를 열게 되었다.

세탁소를 하게 되면서 윤식은 거의 손에서 일을 놓았다.

편지는 동연도 썼었다. 부치지 못한 편지였다.

은행나무 마른 가지 끝에서 이파리가 애기 손톱처럼 올망졸망 머리를 부비며 나오는 모습을 보았어. 상춘당 은행나무도 새앙쥐 같은 손가락을 내밀까?

대서양 바닷가 카페에서 푸른 하늘을 올려다보았어. 청자색 하늘이 구름 한 점 없이 맑은데 리자 오노의 '프리티 월드'가 흘러나왔어. '여름 하늘 한 조각을 잡아 나무에 걸고 싶다'는 노래 가사가 거기서 흘러나오는 거야. 그래, 나도 너에게 저 푸른 하늘 한 조각을 선물하고 싶어.

미국에 왔는데 여긴 내게 외계인들이 사는 곳 같아. 사람들의 외양도 우리네와 다르지만 한마디도 들어오지 않는 그들의 말을 듣다보면 나는 섬처럼 외로워, 너 그거 아니? 아름다운 풍경이 사람을 더 외롭게 한다는 사실을. 그림으로만 보던 풍경들이 그대로 눈앞에 보이는데 감동보다 서러움만 밀려와.

신세계라는 미국이 차츰 신기루같이 느껴져. 찌는 듯한 더위에 친구들과 서부로 배낭여행 중이었어. 서부를 달려도 달려도 사막인데 나는 문득 오아시스를 보았어. 나무가 있고 호수가 보였어. 그런데 달려가보니 그 자리에 아무것도 없는 거야. 눈 닿는 곳까지 갑자기 하얀 사막. 신기루, 그래 여기 미국도 내게는 신기루 같은 곳이야.

어머니가 가여워. 혼자서 세탁소를 하시랴, 살림하시랴, 눈코뜰새 없이 바쁘시거든. 아버지는, 그래도 신문사 사회부장까지 하시던 분이 여기 와서는 세탁소를 어머니에게 맡기고 한량이야. 한밤중까지 술을 마시고 오는 날이 일주일에 닷새는 돼.

"나도 편지를 못 썼어. 처음에는 편지를 쓸 수 없었어. 할아버지와 할머니가 안 계신 상리에서 누구와도 말을 섞을 수 없었어. 상리는 어린 나에게 유배지 같은 곳이었지. 할아버지가 거기 계시는 동안 나는 생오지에 갇혀 있는 내 마음을 너에게 들키고 싶지 않았어. 이 년 동안 이모의 편지가 유일한 숨구멍이었지.

너에게 편지를 쓰려면 눈물이 먼저 났어. 화도 났고. 누군가를 원망할 것도 같고. 다시 할아버지 할머니와 함께 살게 되었을 때 편지하고 싶었는데, 너는 거기 생활에 적응해서 이미 나를 잊고 잘살고 있을 거라는 생각에 편지를 쓰지 못했어. 너는 선진국 대단한 나라, 영화나 그림으로만 보이는 미국은 우리나라와는 비교되지 않는 신세계에서 너는 중학생이 되어 영화에 나오는 것같이 멋진 아이들과 어울려 영어로 말하고 그들처럼 어깨를 으쓱하고 웃고 있겠지. 그 생각을 하면 편지를 할 수 없었어. 변명이 되었을까?"

"이모가 처음 미국 가셔서 그렇게 어려운 일을 겪으신 줄 지난 번 이모가 오셨을 때 처음 알았어. 그 어려운 중에도 내게 편지를 주셨구나! 할아버지와 다시 만날 때까지."

"가족들도 서울에 함께온 거지?"

동연은 애매하게 웃는다. 눈가에 번지는 주름살에서 해강은 설핏 외로움을 본다. 남자의 자리가 누구에게도 말할 수 없어 가슴에 묻어

둔 피치 못할 슬픔이 그에게 있는 것인가?

동연에게는 어머니 외에 가족이 없다. 아들이 결혼해서 떠난 뒤로 아내 연희마저 떠난 것이다.

동연은 아무에게도 털어놓지 않은 사실을 불현듯 해강에게 털어놓고 싶어진다. 살아오면서 가슴 속에 차곡차곡 쌓인 기억들, 어떻게 살았고 무엇을 보고 살았는지 그 사이사이 생의 갈피갈피마다 어쩌면 동연을 잊고 살았을 해강의 소식이 간절했다는 이야기도 하고 싶다. 이제는 바라볼 것보다는 돌아볼 것이 더 많은 나이가 되어버렸다.

동연은 자기가 그저 평균치의 삶을 살았다고 인정했다. 대학에서나 직장에서 결혼과 우정에서 평균치로 무색무취한 삶을 살아왔다.

동연의 아내 연희는 언젠가부터 새벽이면 다락방으로 올라가 낡은 침대에 얼굴을 박고 혼자 울었다. 동연은 모른 체했다. 섣불리 아는 체 할 수가 없었다. 아내의 설움을 안다고 해도 달래줄 수 없었기 때문이다. 입에 바른소리로 위로해줄 수도 있지만 동연은 그렇게 하지 않았다.

동연의 아들이 결혼해서 떠나자 연희는 그가 이제 더 이상 부모를 가족으로 생각하지 않는다고 허탈해했다. 어미 품을 떠나 날아간 새는 뒤를 돌아다보지 않는다는 자연의 순리를 연희는 몰랐다.

연희가 아들을 낳아 침대에 누워 아이를 안을 때 빛나던 눈, 아내가 누워서 아들을 발바닥에 올려놓고 '소리개 떠어었다. 마루 밑에 병아리 감춰어라' 외칠 때 까르르 웃던 아들의 입술, 연희 생일 선물이라며 축하 카드를 직접 그려서 '사랑해요' 하고 하트를 수없이 그려 내밀었을 때 행복해하던 연희의 표정, 아기가 그녀의 배 위에서 서기 시작했을 때 서로 눈을 맞추며 까르르 웃던 모습, 퇴근한 그녀에게 뛰어오르며 매달리는 완벽한 창조물인 아이를 품에 안던 무조건적인 사랑, 연희의 아들에 대한 마음은 늘 그때에 머물러 있었다.

그녀는 유별나게 아들에게 집착했다. 동연이 어머니와 살뜰히 가까워서 연희가 아들에게 더 집착했을 수도 있었다. 아들 또한 연희와 오손도손했다. 그러나 아들에게 여자가 생기자 비밀이 생기기 시작했다. 아들이 맨해튼에 직장을 얻어나간 뒤로 집에 자주 오지 못했다.

"자식은 내 돈 받아쓸 때까지만 내 자식인가봐요. 제 손으로 돈을 벌고 나서는 내 말을 들으려하지 않아요. 오히려 나를 가르치려고 든다니까요."

동연이 자식이 이른 나이에 자립하면 그것으로 감사한 일이라고 달랬지만 아내는 한동안 우울증에서 벗어나지 못했다.

분수에 맞지 않게 아들을 비싼 사립 명문 대학에 보냈던 연희는 손에 든 값진 보석을 수채구멍에 흘려버린 것같이 허탈해했다. 자식은 바람벽일 뿐이라고 동연이 연희를 달래보아도 아무 소용없었다. 아들이 같은 직장에 다니는 여자와 결혼을 하자 며느리가 자기를 무시

한다고 억지를 부렸다. 이민 가족이지만 좋은 환경에서 자라 명문대학을 나오고 맨해튼 월가에서 일하는 며느리는 간호사인 연희의 경쟁상대가 될 수 없었다.

“지 색시가 철없이 투정할 때는 싱글벙글 웃으며 달래주고, 내가 뭐라 한마디 하면 잔소리로 들어요.”

아들 부부가 다녀가면 연희는 한마디씩 탄식을 내뱉었다.

연희는 서서히 아들에게 마음을 접어갔다. 그리 오랜 시간이 걸린 것도 아니었다.

아들이 자립해서 탈 없이 제자리에 있어주면 고마운 거라고 동연이 연희를 달래자 연희가 툭 내뱉었다

“당신의 자식 사랑은 지저스 크라이스트지요.”

연희가 모르고 있는 사실이 있었다. 부모가 자식을 낳았으면 자기희생이라는 거의 법제화된 이데올로기가 있다는 사실을. 어머니라는 절대적 베일을 벗어냈을 때 드러나는 한 인간의 표정을 동연은 연희에게서 보았다. 그녀는 섬처럼 외로워 보였다.

연희는 어느 날 평생 근무하던 간호사 일을 명색이 남편인 동연과 한마디 상의도 없이 그만두었다. 젊은 때 꿈이었던 그림 공부를 시작하겠다고 했을 때, 동연은 어머니에게 이 사실을 어떻게 설명할까 먼저 헤아렸다. 아내가 파리에 가서 머리 좀 쉬고 오는 것도 나쁘지는 않지만, 동연보다 열 살 아래라 해도 아내가 공부를 시작하기에는 이

미 늦은 나이였다.

연희가 어머니를 내놓고 부담스러워하기 시작한 것은 아들이 대학에 가고 더 이상 어머니의 손이 필요 없게 되면서부터였다.

창가에 흐르는 강 위로 살빛 낮달이 비쳤다.

동네 도서관은 천상이 낮아 아늑하고 강가에 있는 카페는 소박했지만 초라하지 않았다.

"나, 돌아오지 않아. 이혼 서류에 사인하고 가면 안 될까?"

동연은 막연히 예상하고 있던 일이었지만 적지 않게 놀랐다. 실감도 나지 않았다. 연희가 그렇게 모진 여자는 아니었다. 스물넷 나이에 박사 과정을 막 끝낸 동연과 결혼할 때 미인은 아니어도 단아한 인상에 눈빛이 선한 여자였다.

앞머리를 단정히 쓸어올려 핀으로 올리고 보랏빛 스웨터를 입은 연희가 어머니의 세탁소로 들어왔다. 어머니가 마켓에 가느라 세탁소 자리를 비워서 동연이 잠시 가게를 지키고 있던 참이었다. 철 지난 세탁물을 맡기러 왔는데 그게 보랏빛 코트였다.

보라색은 빨강에 남색을 섞어 호화롭고 고아한 색이다. 자의식이 높고 창의적인 여자일 거라고 생각하며 그는 세탁물을 접수시켰다.

어머니가 먼저 연희와 가까워졌다. 부근 종합병원에서 간호사로 일하고 있는데 착하고 예쁘다고 했다.

어머니가 집으로 연희를 초대했을 때 동연은 그녀를 알아보았다.

연희도 그를 단번에 알았다.

어머니는 연희가 이민온 지 몇 달 안 되어 외로울 거라며 휴일이면 집으로 초대해서 밥을 먹이고 김치 등 먹을거리도 싸주었다. 어려서 어머니와 사별하고 계모 밑에서 살다 간호대학을 나온 뒤 일 년도 안 되어 미국으로 왔다고 했다.

연희는 맨해튼이 가까워서 '위대한 갯츠비'가 살던 롱아일랜드로 취업했다. 휴일이면 그림책 속에서만 보았던 메트로폴리탄 뮤지엄도 보고 모마 미술관을 순례하고 밤이면 드레스를 입고 파티에 가서 춤도 추고 뮤지컬 공연도 다니는 것이 그녀의 보랏빛 꿈이었다.

연희의 소박했던 바람조차 결혼과 동시에 한낱 꿈이 되었다. 맨해튼의 화려한 문화는 잘 차려진 식탁 앞에 앉아서 포크와 나이프를 빼앗긴 느낌이었다. 그래도 동네 백화점에 있는 아기자기한 그릇들을 갖고 싶었고, 크리스털을 컬렉션하고 싶었다. 대학 강사인 남편의 수입은 적었지만 간호사 수입으로도 가능했는데 어머니가 그 일을 막았다. 세탁소 일로 고단하게 사는 어머니에게 그 일은 '남편 등골 빼먹는' 사치였다. 그녀는 그 일도 포기해야 했다.

연희는 세탁소 일을 하면서도 손자를 살뜰하게 키워주는 어머니에게 아내는 늘 죄송했고 다소곳했다. 언젠가부터 그녀는 어머니와 같이 있는 시간을 피했다.

"엄마는 왜 할머니가 거실에 계시면 안방으로 들어가버리고 할머니가 들어가면 거실로 나오세요?"

중학생인 아들이 아내에게 조곤조곤 따지기도 했다. 이후 아내는 어머니 앞에서는 아들의 눈치까지 봐야 했다. 어머니가 있는 자리에서 침묵하기도 불편했고 말을 섞기 싫어서 그녀는 어머니와의 자리를 피하며 지냈다.

"노인네가 연세 드시면 좀 내려놓는 게 있어야지. 집안 살림도 다 당신 주도적으로 하고, 당신도 어머니 하는 대로 따르고, 도대체 내 속으로 낳은 아들까지 할머니 편이니."

결혼 전에 어머니를 따르던 연희는 결혼 후 어머니가 시어머니가 되면서 오히려 마음은 더 멀어졌다.

그때 해맑고 수줍던 여자가 지금 동연의 앞에서 담담하게 이혼을 말할 만큼 삼십 년 세월에 닳고 닳아 모질어진 것이다. 결혼 이후 연희는 보라색 옷을 입지 않았다. 검정색 회색 무채색 옷만 입었다. 여름 땡볕에도 무서리내린 가을에도 눈 오는 겨울에도 검은 옷을 입고 다녔다.

"솔직히 당신 때문만은 아니에요. 아들 결혼 시키고 난 후로 내가 여기서 왜 살고 있는지 스스로에게 물을 때가 많아졌어요. 나는 주부도 아니고 엄마도 더 이상 아니죠. 당신 아내 자리는 더욱 아닌 것 같고요"

연희는 긴 목을 뒤로 젖히며 한숨을 몰아쉬었다. 동연은 연희의 눈에서 설핏 눈물을 보았다.

동연이 생각해보니 연희와 한 침실을 쓴 지가 언제인지 기억나지 앉았다. 연구 논문을 쓰다가 서재로 침대를 옮긴 뒤에 그대로 눌러앉아버린 것이다.

"죄받을 말이지만 정말 단 하루, 그래요. 단 하루라도 당신 어머니에게 벗어나고 싶어요. 당신이 어머니와 따로 살 리 없고, 어머니 혼자 사실 연세도 아니고 나이 드셨어도 건강하고. 오십 년을 미국에 살아도 어머니의 사고는 1960년대 한국을 떠나올 때 그대로지요. 내 마음 아시죠?"

동연은 작게 고개를 끄덕였다. 어머니는 시부모 잘 받들고 남편에게 순종하고 자식에게 헌신하라는 자기희생적인 현모양처라는 지긋지긋한 이데올로기에 갇혀 있었다.

그렇다면 아내의 사고는 1980년대, 그녀가 미국으로 건너올 때에 머물러 있다. 여자도 돈을 벌고 자기 계발도 하며 문화생활도 즐기면서 살아가야 한다. 그 자연스런 자의식에 사고무친 미국 생활에 시어머니의 기에 눌러버린 것이다.

동연 자신은? 스스로에게 물어보았다. 열세 살에 한국을 떠나와 중학교 때부터 살아온 미국에서의 생활이 익숙해도 이민 가족은 고향에서 살아온 방식으로 살았다. 자신은 미국인도 못되고 한국인도 아니었다. 그에게는 미국인 친구가 많았지만 성장해감에 따라 한국계 1.5세대들과 어울리는 게 편했다.

연희가 어머니의 며느리 노릇이 쉽지 않았으리라는 것은 동연도 알고 있었다. 그러나 동연 또한 어쩔 수 없었다. 어머니가 얼마나 가족에게 헌신하고 살아온지를. 물론 아내도 알았다.

한국에서 신문기자를 하던 아버지는 미국에 오고 고모에게 사기를 당한 후, 두 해 만에 두 손을 놓아버렸다. 아버지는 한국에서 건너온 해직 신문기자들을 만나 한국 정치를 비판하며 술을 먹는 게 일상이 되었다.

그 중에서도 서울의 유력 일간지 편집국장을 하다가 신군부에 의해 해직당하고 미국에 와서 유랑생활을 하고 있는 친구와 유별나게 가까웠다. 유신시대에도 아버지 친구의 집 앞에는 정보부 요원이 탄 검은 지프가 와 서 있었고 내놓고 그를 미행했다. 급기야 신문사에서 해직되고 미국까지 온 것이다. 아버지는 해직기자들과 술을 마시고 돌아오면 한국에서 이 꼴 저 꼴 안 보고 선진국인 미국에 와서 살게 된 게 얼마나 다행인지 구구절절이 한국 사정을 늘어놓았다. 북에서 한번씩 도발할 때마다 미국인들은 한국에 다시 전쟁이 날 거라고 호들갑을 떨었고 교포들은 안전하고 문명한 나라 미국에 더 기댔다.

동연의 아버지가 군사정권 아래 신문기자직에 환멸을 느끼고 사표를 내던질 수 있었던 힘은 간호사로 미국에 이민 와서 살고 있던 아버지의 누나, 그러니까 동연의 고모의 초청 덕이었다.

'미국은 축복받은 땅이다. 맨해튼에 가보면 마천루가 하늘을 뚫고 올라가 있고 사람들은 문명생활을 영위한다. 집집마다 푸른 잔디밭이 있고 이웃과는 담도 없이 평화롭게 지낸다. 사람들은 일하는 만큼 돈을 벌어 자가용을 굴리고 냉장고라는 것이 있어 음식을 마음놓고 사다 쟁여놓고 산다. 집집마다 에어컨이 있어 더위를 모르고 산다. 수도꼭지만 틀면 더운 물이 나와 날마다 목욕을 한다. 뜰에는 다람쥐가 뛰어놀고 새 소리도 들린다. 자연은 얼마나 아름다운데, 울창한 전나무 숲이 하늘을 가리고….'

고모의 미국 자랑은 끝이 없었다.

가난하고 땅덩이 좁은 나라, 그것도 반도가 반으로 잘려 섬이 되어 버린 나라에서 아등바등 서캐처럼 끼어 살지 말고 한 사람이라도 빠져나와 여기 넓은 나라에 나와서 형제들이 모여 살자.

당시 초기 이민을 떠났던 한국인들이 아직도 전쟁의 상흔이 아물지 못하고 후진국인 고국의 부모형제들을 불러들여 자신들의 향수를 그런 방식으로 달래던 시절이었다.

해직기자가 되어 미국으로 건너온 아버지 친구들은 조금 더 일찍 이민 와서 자리잡아가는 아버지를 부러워했다. 그들은 한국에서 많은 자본을 가져와 주유소를 경영하는 친구를 입에 올렸고 영어 잘하는 한국인을 존경했고 문화적인 나라, 미국 시민권을 받은 사람들을 부러워했다.

연희는 결국 떠났다.

동연도 연희를 붙잡을 마음은 없었다. 그들은 저축의 반, 연금까지 반씩 나누었다. 남프랑스 프로방스의 미술학교를 알아보고 인터넷을 뒤져 거처를 마련하는 연희의 눈빛이 별처럼 빛났다.

연희가 떠난다는 사실을 알자 어머니는 동연 부부에게 분가해서 둘이만 살라고 제안했다. 그때까지 동연 부부는 어머니 집에 얹혀 살고 있었다. 어머니가 모기지론을 얻어 마련한 집이었다. 동연 부부에게는 큰 혜택이었으나 연희에게는 오히려 시댁의 굴레가 되었다. 기가 센 시어머니를 피해 직장에 다닐 때는 아들을 키워주는 시어머니에게 연희는 늘 미안한 마음이 앞섰다. 그러나 아들이 대학에 가자 연희는 시어머니가 부담스러워졌다.

떠나는 날 연희는 어머니에게 큰절을 했다. 어머니가 울면서 이별을 슬퍼했지만 연희는 눈물 한 방울 흘리지 않았다

보랏빛 투피스를 입고 떠나는 연희 모습이 물 찬 제비 같았다. 실로 오랜만에 보는 보라색 옷이었다.

"어머니 아직 건강해서 백 살도 넘게 사실 거예요. 지금도 저보다 식사도 잘하고 정신력도 더 좋으세요."

어머니가 오래 살 거니까 자기가 떠난다는 말로 들렸다.

"당신 진심으로 저를 사랑한 적 있어요? 우리 함께 사는 동안 당신 마음에 저는 없었어요."

동연은 당황했다. 돌아보니 연희를 애틋하게 여기며 살아온 것 같지는 않았다. 고된 직장생활에 성실하고 아들에게 늘 조바심을 가지고 정성을 쏟는 연희에게 미안한 마음으로 살았다. 하지만 동연은 연희의 노력에 맞춰 모범 가장 역할을 충실히 숙제하는 마음으로 결혼

생활에 복무했다.

"여기서 하는 일은 괜찮아?"

해강은 알고 싶은 것도 많다.

동연은 씁쓸하게 웃는다. 괜찮은지 모르겠다. 서양 사람들 속에 끼어서 살 때는 남의 나라에 빌붙어 사는 서러움이 간혹 있었다. 그래도 그리워할 땅이 있다는 사실이 얼마나 다행인가? 늘 동연에게는 가족이나 친구로도 채워지지 않는 허전함이 있었다. 그 끝에는 마지막으로 보았던 해강의 우는 모습이 있었다. 애잔한 추억은 동연의 기억 속에서 더 과장되어 그리움이 되었다. 삼세병원 상춘당에서 그 아이와 그네 타며 푸른 하늘을 올려다보고, 미끄럼틀에서 미끄럼 타고 놀던 시절, 숨바꼭질하다 동굴을 발견하고 놀랐던 일. 동연의 집에서 국화꽃 앞에서 사진 찍었던 일. 그가 마지막 본 인주이모의 모습이었다.

그 긴 세월이 동연에게는 짧게 느껴질 때가 가끔 있었다. 아주 가끔. 드문드문 세월 사이로 해강의 소식은 들었다.

열세 살의 소녀가 시대의 버림을 받고 혼자 울고 있었다. 그대로 사춘기로 이어지며 할아버지와 할머니와 지냈다. 그녀는 십대를 어떻게 보냈을까? 자신을 여자로 만들어줄 남자에게 꽃 선물도 받고, 데이트 신청도 받고 봄별 아래 남자와 싱그런 눈맞춤으로 마음도 설레어보고 싶은 나이. 별빛 아래 달디단 사랑의 속삭임도 듣고 싶은 처녀 때, 늙은 할아버지와 무슨 생각을 하고 살았을까?

동연은 한국에 오면 넓은 들판처럼 자유로울 줄 알았다. 그러나 서울에 왔어도 동연은 또 다른 이방인이었다.

"그래도 아직 병원이 유지되나봐."

동연이 불쑥 말을 돌린다.

"그럭저럭, 할 수 있는 일이니까 하는 거야. 소아과를 전공했는데 요즘 내 진료실에 아이들은 잘 오지 않아. 신도시로 도청이 이전되고 동네에 젊은 사람들이 차츰 그쪽으로 떠났어. 아이들 대신 노인들이 내 환자들이야. 혈압약 처방받아가는 고혈압 환자들과 감기 환자들이지. 옛날 할아버지 때부터 다니신 분들도 있어. 할아버지가 진료를 놓으실 때 병원 간판을 '홍해강 소아과'로 친필로 써서 붙여주었는데도 사람들은 계속 삼세병원이라고 부르는 거야. 내가 옛 이름으로 돌려놓았어."

"서울 집은 어디야?"

"익선동."

밤이 늦었고 내일 발인하려면 해강이 눈을 붙여야 하는데 그녀에게는 쌓인 이야기가 많다

"어머니가 한옥에 살고 싶다고 하셔서. 처음에는 혜화동 쪽으로 알아보았는데 그곳에서는 한옥 찾기가 어려웠고 북촌이나 효자동 쪽은 집값이 너무 비싸서."

"이모 만났을 때 꿈같았어. 아버지 발인 끝나고 바로 서울 올라갈께. 이모가 여기 와 계실 수도 있어. 두세 시간이면 서울 가는데, 그때는 종일 기차 타고 여관서 자고 했으니 세월이 짧아진 것도 같고 길어진 것 같기도 해. 넌 몰라. 이모랑 너 떠나고 할아버지 거기 계시는 동안 마음 기댈 데가 없었어. 상리에 살면서 엄마는 할아버지 옥바라지 하느라 오시지 않고, 엄마가 아주 가셨지만 내게 아무도 가르쳐주지 않았어. 이모 편지만 속절없이 기다렸어. 그때는 우체부 아저씨가 가장 반가운 사람이었지. 편지는 내겐 기다림이었고 희망이었지. 희망은 큰 상처가 되었고. 할아버지 거기서 나오시고도 꽤 오래 이모와 편지가 오갔어. 편지 부치러 우체국 가는 동안은 행복했지. 기억나? 시내 한복판 네거리에 둥그런 첨탑이 있는 회색 우체국, 목조 건물에는 유리창이 많았어. 우표를 사서 봉투에 붙이고 편지를 부치는 사람들의 기다림이나 설렘과 정성, 애타는 마음까지 우체국에 가면 확연히 보였어. 나는 편지를 부치고도 대합실 귀퉁이 우단 의자에 앉아 물끄러미 사람들을 바라보곤 했지. 편지를 써서 들고 우체국까지 가는 동안은 외로움을 잊었지만, 부치고 돌아올 때는 이모가 더 보고 싶었어. 니 생각을 했는데, 너에게는 내 상황을 알리기 싫었어. 이모에게 부탁한 적도 있어. 너에게는 내 얘기 하지 말라고. 그리고 날마다 우체부를 기다렸어. 나는 지금도 집배원을 보면 가슴이 뛰어."

"그 우체국. 그땐 아주 고급지다고 생각했는데 지금 생각하면 고풍스러웠어."

동연은 검은 뒷산을 바라보며 묻는다. 해강은 결명자차를 우리고 있다.

"조부모님들 돌아가시고도 줄곧 혼자 살아온 거야? 좋아하는 사람도 없었어?"

5. 첫사랑?

글쎄, 그걸 사랑이라고 말할 수 있을지.

할아버지가 해강에게 서울에서 전공의를 해보라고 권하셨다. 조용한 도시에서 살다오니 서울은 또 다른 신세계였다. 어머니가 전쟁 전에 서울에서 잠깐 대학에 다녔다고 들었다. 해강은 시간이 날 때마다 어머니의 자취를 따라 어머니가 다녔다는 대학을 서성거렸다. 기숙사 돌담에 핀 담쟁이넝쿨도 기웃거렸다. 어머니가 앉았을 것 같은 벤치에도 앉아보았다. 학교 설립자가 서 있는 동상 주변을 돌아보기도 했다. 대학교 본관 안도 들여다보았다.

해강은 어머니와 함께했던 마지막 밤을 아련하게 기억했다. 할아버지가 그곳에 가시고 상리에 온 해강을 보러 정임 이모는 왔었지만 엄마는 오지 않았다.

상리로 오기 전 날, 할아버지가 거기로 가고, 해강은 병원 안채에서 엄마랑 같이 잤다. 엄마는 해강을 꼭 안아주었다.

"우리 해강이 이제 다 컸다. 곧 중학생이 되고 곧 예쁜 숙녀가 되겠지?"

"엄만, 할아버지가 안 좋은 곳에 계시는 데 이런 얘기, 할 거야?"

"오늘 변호사 좋은 분 만났어. 할아버지 곧 나오실 거야."

엄마는 해강을 꼭 안아주었다.

다음날 해강은 상리댁을 따라 상리로 왔다.

엄마는 상리에 있는 동안 돌아가셨다. 심장마비라고 했는데, 아무도 이유를 명확하게 가르쳐주지 않았다. 언제 가신 지도 몰랐다. 정말 아무도 가르쳐주지 않았다. 정임 이모가 한 달에 한번쯤 찾아왔어도 엄마 소식을 들을 수 없었다. 해강이 정임에게 엄마에 대해 물어봤을 때, 정임은 할아버지 옥바라지 때문에 못 오신다고 했다. 대신 할머니가 다녀가셨다. 그 사이에 할머니는 많이 늙으신 것 같았다. 해강이 상리에서 산 지 6개월쯤 후에 정임도 더 이상 상리에 오지 않았다. 미국으로 이민을 떠났다고 했다. 그때도 이모는 이별을 말해주지 않았다. 2년 뒤 해강이 상리에서 돌아왔을 때 엄마는 없었다. 할아버지와 할머니만 있었다.

*

대학병원 안에서 해강과 자주 마주치는 의사가 있었다. 그녀가 근무하는 소아과와 그가 근무하는 내과는 동선이 겹쳤다. 내과에 근무하는 의사가 어느 날 점심을 같이 먹자고 제안했고 둘은 자주 직원식당에서 만났다. 전에도 식사는 같은 식당에서 했지만 그때는 각자 자기 동료들끼리 먹었다. 해강은 지방 의대를 나와 처음에는 동료들과 어울리기 낯설었지만 워낙 그녀가 붙임성도 좋고 궂은일도 마다하지 않고 잘 해내서 동료들은 해강을 좋아했다.

어느 날부터 내과 닥터 백과 둘이 같이 점심을 먹게 되자 동료들은 서로 자리를 피해주었다. 전공의 1년차였던 해강과 4년차였단 닥터 백은 점심시간을 제하고는 자주 만날 수 없었다. 그는 태어날 때부터 서울서 살았다고 했다. 어렸을 때 해강이 살던 작은 도시에서 이 년쯤 살았다고 했다. 아버지의 전근 때문이었다. 일요일에 그가 만나자고 제안했을 때 그녀는 고향에 내려가기보다는 그와 데이트 하는 쪽을 택했다.

흰 가운만 입던 그의 모습은 밖에서 보니 새로웠다. 남산 둘레길을 걷다가 문득 해강은 깨달았다. 그에게서 어릴 적 동연의 모습이 보였다. 큰 눈 오뚝한 코, 모범생같이 반듯한 이마가 동연을 떠올랐다.

해강은 너무 멀리 있어서 지금은 소식조차 끊어진 동연을 잠깐, 아주 잠깐 떠올렸다. 그도 대학을 졸업했을 것이고 지금쯤 좋은 여자를 만나고 있을 것이다.

그의 낮은 목소리가 아늑하게 들렸다. 그는 지방에서 온 그녀에게 서울 곳곳을 데려갔다. 병원과 집만 오가던 그녀에게 서울은 날마다 새로웠다. 국립미술관도 경복궁도 창경궁도 해강은 처음으로 구경했다. 경복궁에서는 노란 은행잎을 주웠다. 경회루 앞에서 사진사가 조르는 바람에 닥터 백과 함께 사진을 찍었다. 경회루 연못의 잔잔하게 찰랑거리는 물이 향수에 젖게 했다. 그곳에서 살았을 세종대왕이 바라보는 모습을 연상해보기도 했다. 하늘은 더 없이 맑았다.

극장에서 영화를 함께 볼 때는 팝콘을 먹으며 슬며시 손을 잡기도 했다. 그가 전공의를 마치고 다른 병원으로 가는 날, 덕수궁 돌담길에서 말했다.

"이제 우리 결혼해도 되지 않아?"

해강은 한참 그 뜻을 생각했다. 그리고는 크게 웃었다.

"이게 뭐예요? 청혼이에요?"

서툰 배우가 연극 무대에 선 느낌이었다. 그보다 더 발로 연기를 하는 배우와 둘이 연극 무대에 서서 연극을 하는 느낌에 어리벙벙한 느낌이었고 그 무대를 망치고 있는 느낌이었다. 그렇게 웃음으로 넘겼다.

그날, 집으로 돌아와 생각했다.

그의 잘생긴 외모와 낮은 음성만을 사랑이라고 이름붙일 수 있는가? 생각하니 한번도 그를 생각하며 설레어본 적이 없었다. 사람들은 이렇게 결혼을 하는 건가? 영화나 소설 속에 나오는 것처럼 불꽃같은 사랑을 해야 결혼하는 것이 아닌가?

중학교 때였다. 서울행 기차를 타는 친구를 배웅하던 참에 막 떠나려는 기차 트랩에 한 키 큰 남자가 서 있고 키 작은 여자가 플랫폼에 서서 소리 없이 울고 있었다. 감색 코트에 감색 꽃무늬가 있는 스카프를 머리 위까지 두르고 있었다. 남자가 고개 숙여 우는 여자를 바라보던 애절한 눈빛을 잊을 수 없었다. 기차가 출발한 후에도 여자는 멀리 떠나가는 기차를 바라보며 플랫폼 기둥을 붙잡고 하염없이 울었다.

집에 돌아와 해강은 할머니에게 물었다.

"할머니, 저는 남자와 여자가 헤어지며 울고 그런 장면은 영화나 소설에서 있는 거지 현실에서는 없는 줄 알았어요."

"현실에 있는 일이니 영화에도 있는 거야."

할머니는 피식 웃더니 길게 한숨을 내쉬었다. 그런 할머니도 해강이 여고 때 세상을 뜨셨다. 오래 위암을 앓으셨다.

어머니는 아버지를 얼마만큼 사랑해서 결혼했을까? 기억 속의 어머니는 아버지를 살갑게 대하는 것 같지는 않았다. 그녀가 국민학교 6학년 때 돌아가신 어머니는 사진으로만 보였다. 어머니는 꿈에서도 오지 않았다. 정말 꿈에서도 오지 않았다.

다음 주말에 만났을 때 닥터 백은 점심을 먹고 나서 해강에게 선물을 사주고 싶다며 백화점에 데리고 갔다. 백화점 3층 카페에서 그의 어머니가 기다리고 있을 줄은 몰랐다. 올백으로 머리를 넘긴 얼굴이 크지만 귀티나는 분이었다. 해강은 자신의 동의도 없이 너무 앞서가는 닥터 백이 못마땅했지만 내색하지 않았다.

닥터 백의 어머니는 그녀에게 부담스럽지 않을 깔끔한 크리스털 목걸이를 준비하고 있었다. 해강은 흔쾌히 받았다.

"닥터 홍, 공부 잘하는데 이렇게 예쁘기까지 하지? 신이 불공평하시기도 하지, 우리 애 말로는 착하고 똑똑하기까지 하다니, 부모님은 고향에 계시고?"

해강은 잠시 주춤했다. 홍필승이 서울로 전근갔다고 들은 지 오래였다.

"아버지는 서울 계시고 어머니는 돌아가셨어요."

"저런, 언제 가셨나?"

"어머니는 국민학교 6학년 때 돌아가셨고 아버지는 재혼하셔서 지금은 같이 살지 않아요."

"그럼 닥터 홍은 누구하고 살지?"

"할아버님하고요."

"닥터 홍 할아버님은 지방에서 병원을 하셔요."

닥터 백 어머니의 표정이 잠시 흔들리는 것을 해강은 놓치지 않았다. 해강은 홍필승이 어디에 근무하는지 직급이 무엇인지도 몰랐다.

"우리 닥터 백 아버지도 지금 경찰에 계셔. 닥터 홍 아버님 함자가 어떻게 되지?"

해강의 입에서 홍필승의 이름이 나왔을 때 닥터 백 어머니의 표정이 살짝 놀라는 빛이었다. 해강은 마음속으로 입술을 깨물었다. 그러면서 성숙이란 삶의 굴욕을 호들갑 떨지 않고 받아들이는 것이라고 생각했다. 그러면서 당당하자고 수없이 자신에게 다짐했다. 사실 부모의 허물은 자신의 잘못은 아니었다.

"해강씨 아버님을 아세요?"

뭔가 상황을 눈치챈 듯 닥터 백이 물었다.

"그래, 너희 아버지가 지방 근무 하실 때니까 오래 전 일이야. 니가 국민학교 사학년 땐데, 아버지가 그 도시에서 홍필승씨랑 같이 근무하셨으니까. 그런데 그 부인이 자살했지, 아마, 그 도시가 한동안 떠들썩했었지. 홍 계장 장인이 그 도시에서 젤 유명한 삼세병원 원장이었지. 홍 국장님은 지금 서울경찰청에 계시는 걸로 아는데."

해강은 더 이상 그 자리에 있을 수 없었다. 그녀는 일어서서 고개를 숙였다. 먼저 가겠다는 인사였는데 다리가 후둘후둘 떨렸다.

"닥터 홍, 내가 실수를 했나봐."

남에게 무심코 던진 말이 받는 사람에게는 비수로 박힌다는 것을 모르는 말투였다.

엄마가 스스로 목숨을 끊다니, 해강은 막연히 짐작은 했지만 명확하게는 몰랐다. 엄마는 그녀가 국민학교 6학년 때 돌아가셨다. 할아버지가 그곳에 가시고 해강이 상리에 가서 이 년 만에 왔는데 어머니는 안 계셨다. 해강은 어머니 인주가 어떻게 가셨는지 산소에 갈 때마다 궁금했어도 할아버지나 할머니에게 물은 적이 없었다. 그분들이 너무 마음 아파하실 것 같아서.

그날 해강은 고속버스로 고향으로 내려갔다. 일요일 늦은 시간에 온 해강을 보고 할아버지는 어쩐 일인지 묻고 싶은 눈치였으나 티내지 않고 반겨주셨다.

해강은 상리댁에게 갔다. 이제는 나이가 들었지만 아직 할아버지 식사를 상춘당 채소밭에서 농사까지 지어 정성스럽게 올렸다.

"아니, 해강 선생이 뜬금없이 뭔 소리데여?"

"그니까 엄마가 어떻게 돌아가셨냐고요?"

"그릉게 고것이 응, 심장마비, 그려 심장마비로 가싯다고 들었어. 나도 잘은 몰라. 해강 선생도 나랑 상리에 같이 있었잖여? 주무시다 가셨다드만. 근데 갑자기 그게 왜 궁금해졌디야?"

해강은 상리댁의 말이 수상해서 저녁을 먹으러 안집으로 건너온 송 집사에게 물었다.

"밤에 급체를 하셨던가봐. 밤에 앰뷸런스 타고 큰 병원에 가시던 중에, 왜? 갑자기."

심장마비와 급체, 둘의 말은 맞지 않았다. 급체? 더구나 의사인 할아버지도 옆에 계신데, 급체라니.

다음날 새벽 고속버스로 서울로 올라온 해강은 닥터 백이 근무하는 병원으로 가서 그의 어머니가 전날 선물했던 크리스탈 목걸이를 돌려주었다. 해강은 황당해하는 닥터 백을 뒤로 하고 뛰어왔다. 그때 해강은 울었을까? 기억에 없다.

다음날 아버지 홍필승이 병원으로 찾아왔다. 그는 만면에 웃음을 머금고 있었다. 처음 있는 일이었다.

“너 우리 청장님 아들과 교제한다며? 서울에는 언제 올라온 거야? 청장님이 물으시는데 도대체 내가 뭐 아는 게 있어야지. 대학병원 레지던트로 있다는 말도 청장님에게 들었으니 애비 꼴이 뭐가 되냐?”

해강은 고개를 숙였다. 아무 말도 묻지 못하고 떠나왔다. 막연히 짐작하고 있었던 어머니의 죽음에 대해 그가 알려줄 것 같지 않았다.

“닥터 백과는 조금 전에 헤어졌어요.”

6. 그 산이 아직도 거기 있을까?

해강이 안채로 올라간 뒤, 동연은 뒷산을 유리창으로 들여다보았다. 어둠이 거울이 되어 자신의 모습만 비칠 뿐이었다.

그 산이 아직도 그곳에 있을까? 그 안의 동굴은?

뒤뜰 작고 야트막한 산의 대나무 숲의 잎들이 서로 수런거리는 길을 따라가면 동굴이 있었다. 입구가 대나무에 가려 잘 드러나지 않았는데 동연이 어렸을 때 아이들과 술래잡기를 하다 찾아낸 곳이었다. 도르레가 있는 우물을 지나 뒷산 대나무 숲으로 숨을 곳을 찾는데 갑자기 시꺼먼 동굴이 입을 쩍 벌리고 나타났다. 아이는 그 앞에서 처음에는 멈칫했지만 눈빛이 장난스럽게 변했다. 술래를 피해 숨어 있기에 딱 안성맞춤이었다. 다음 순간 동굴은 아홉 살 소년을 은밀하게 유혹했다. 그 안에 뭐가 있을까? 아이는 호기심에 몸을 동그랗게 오그라뜨리고 주변을 살폈다. 다행히 다른 아이들은 보이지 않았다.

함께 장독 뒤로 숨자고 손을 끌던 해강을 어쩌다 놓치고 혼자 온 것이 좀 걸리긴 했다. 마당에서는 술래가 벌써 찾아낸 아이들과 함께 숨은 다른 아이들을 이리저리 몰리며 찾아다니는 목청 높은 소리, 찾았다! 하고 까르르 웃음소리가 요란했다.

그날 아이들은 끝내 동연을 찾아내지 못하고 다른 놀이를 한다고 병원 쪽으로 올라갔다. 울퉁불퉁한 바위 동굴은 꽤 길었다. 동연의 키보다 동굴 천장이 높아서 서서 걸어 들어갔다. 살금살금. 공기는 습했다. 그는 전설 속 미로를 찾아내는 느낌이었다. 동굴은 저절로 생겨난 것 같지는 않았다. 누군가 곡괭이로 파내어 굴을 만든 느낌이었다. 어둠으로 주위가 잘 보이지 않았을 때 곧 벽이 끝났다. 그는 그 끝에서 오래 서성거렸다. 그때 느꼈던 한기가 지금도 기억난다.

*

홍필승이 며칠 전까지 살았다는 상춘당 안방은 정갈하게 정리되었고 배추 빛깔 차렵이불이 깔려 있었다. 동연은 신기하게 처음 보는 것처럼 부드러운 이부자리를 손으로 쓸어보았다. 솜이불 속에 누우니 젊은 엄마 품속처럼 포근했다.

오늘 하루가 일 년처럼 길게 느껴졌다.

익선동 집 골목 끝까지 나와서 홍필승의 발인이 끝날 때까지 해강을 잘 챙겨주라고 당부하던 어머니의 푹 꺼진 눈도 몇 년 전 일처럼 느껴졌다. 계획대로라면 어머니는 동연과 오늘 함께 내려왔어야 했다. 미국에서 돌아온 뒤, 곧바로 고향에 다녀와 해강을 만나보았지만 이사 때문에 바빠서 다시 동연과 함께 가기로 하고 이번 주말로 날을 잡아놓았으니 당연한 일이었다.

어제 어머니와 동연이 고향에 내려가려고 짐을 싸다가 어머니가 멈칫했다. 그러고는 긴 한숨을 내쉬었다. 주름진 어머니의 얼굴만큼 표정도 심란해보였다. 팔십오 세라는 나이가 무색할 만큼 활기 있던 어머니가 갑자기 늙어버린 것 같았다.

"내일 조문은 아범 혼자 다녀와. 팔십 넘은 나이에는 경조사에 가는 것이 오히려 이 문이 폐문이 될 수도 있어. 내가 필승이 장례식에 가기도 싫고. 요즘 꿈에 인주가 자꾸 보여서, 나도 그 친구 따라갈 때가 되었나, 싶기도 하고."

"어머니, 왜 그런 말씀을 하세요. 섭섭하게. 어머니, 백 살까지 우리 같이 살아요."

"에그, 차라리 욕을 해라. 그냥, 내 나이가 되면 이런저런 생각이 많아져. 그 친구가 세상 버릴 때 나이가 서른이 막 넘을 때였으니, 아직 고운 모습 그대로겠네. 이렇게 해풍에 말린 북어처럼 쭈그러진 나를 보면 못 알아보겠다."

긴 한숨이 어머니의 목을 쓸고 나왔다.

"내가 해강이에게 전하고 싶은 것이 있는데, 필승이가 죽었다니까. 내 맘이 급해져서. 나 죽으면 다 세상에 묻혀버릴 일인데, 너만 알고 있어도 되고. 해방이 되면 해강이에게 알려주려 했는데 그 일은 애당초 틀렸고. 해강이 아버지 김 대위님이 아직 살아 있으면 나보다 두 살 위니까 북에 아직 살아계실 수도 있고."

"해강이 아버지라니요? 해강이 아버지는 홍 뭐라고 했더라? 그분 아닌가요?"

어머니가 가슴에 쌓아두었던 이야기가 밤새 동연을 뒤척이게 했다. 칠십 년의 세월이 오르락내리락 빗금을 그으며 동연의 머릿속에서 요동쳤다.

7. 전쟁의 그늘

6·25 직후, 사람들은 눈만 마주치면 습관처럼 전쟁 이야기를 끄집어냈다. 누구네 집 아들이 전장에서 죽었다더라, 누구는 마룻바닥 밑에 숨어 천행으로 화를 면했다더라, 누구는 인민군 앞잡이하다가 월북해서 남아 있는 그 가족들이 연좌제에 묶여 전국 팔도를 유랑생활 한다더라.

살아남은 사람들은 무용담으로 전쟁을 회상했다. 겉으로는 죽은 사람을 애도하는 체했지만 속으로는 자신들의 무사함에 안도했다. 그러나 전쟁의 한가운데 있던 엄혹한 여자들의 진실에 대해 말하는 사람은 드물었다. 주변에서 사라진 사람들에 대해서는 운명이라는 자신들의 힘으로는 어쩔 수 없는 초월적인 말 한마디로 포장해서 모두들 서둘러 마음의 짐들을 벗으려했다.

*

김단,

정인주와 서정임은 그를 상춘당 우물가에서 처음 보았다. 도르레 장치가 되어 있는 우물이었다. 키가 훌쩍 큰 청년이 검은 바지 위에 흰 속옷 바람으로 천장을 바라보다가, 줄을 당겨보았다가 두레박을 흔들어보다가 고개를 갸우뚱하기도 했다.

바깥은 세상은 뒤집혔는데 낮은 지대에 내려앉은 상춘당 안은 무심했다. 칠월의 태양 볕에 피어난 꽃들도 나른했다. 풀벌레 소리조차 들리지 않았다. 푸른 하늘에서 바람 한 점이 건듯 불어왔다. 청년은 두레박과 두 개의 줄을 만지작거리더니 마침내 줄을 가볍게 끌어당겨 물을 길어올렸다. 양철 양동이에 시원스럽게 물 쏟아지는 소리가 집안의 정적을 갈랐다.

대청마루에서 부채를 부치고 앉아 있던 두 여자들은 툇마루 쪽으로 갔다. 인주의 부모님이나 병원 직원들은 거기까지 내려오는 일은 거의 없어서 그 넓은 집에는 둘뿐이었다. 낯선 얼굴이었다. 서로를 바라보는 두 여자의 눈에 공포가 서렸다. 인민군들이 이 도시 시내까지 들어왔다고 들었다.

양동이에 물을 길어 채운 청년은 이제 대야에 물을 쏟아붓고 사방으로 물을 튀기며 얼굴은 물론 짧게 깎은 머리까지 기운차게 문질러 씻었다. 옆에 놓인 비누를 문질러 거품을 하얗게 내며 고개를 흔들며 비누 냄새를 풍겼다. 물기를 털어내는 청년의 얼굴 위로 청신한 물이 뿌려졌다.

인주가 댓돌 위에 놓인 고무신을 끌고 그쪽으로 갔다. 정임이 뒤따라갔다. 그 사이에 청년은 다시 물을 길어올려 두레박에 허겁지겁 입을 들이댔다.

"저기요."

인주가 기둥에 걸려 있는 표주박을 내밀었다. 고개를 꾸벅 숙이며 표주박을 받는 청년의 검은 얼굴에 검은 눈썹, 검은 눈이 우물 속 같았다. 곧 고개를 들고 목울대 꿀꺽이며 물을 마신 청년은 그들을 향해 빈 표주박을 내밀며 싱긋 웃었다. 청년은 곧 물을 가득 담은 양동이를 들고 빠른 걸음으로 계단을 올라갔다. 인주가 병원 안채에 있는 펌프에 마중물로 쓰일 물이라는 생각을 하는데, 정임이 인주의 옆구리를 찔렀다. 양동이를 들고 계단을 성큼성큼 올라가는 청년은 검고 긴 군화를 신고 있었다.

풀잎에 이슬이 마르지도 않은 이른 새벽에 잠자던 땅에 북에서 탱크를 몰고 내려와 불과 사흘 만에 서울을 점령한 인민군들은 이렇다 할 시가전 한번 없이 이 작은 도시에 무혈 입성하는 데 채 한 달도 걸리지 않았다. 관공서마다 인공기가 내걸리고 인민위원회로 정치보위부 등으로 바뀌었다. 정임이 사는 집 근처 경찰서도 자고 나니 내무서로 바뀌어 있었다.

피난을 가지 않은 사람들은 유폐된 죄수처럼 집안에 옴짝달짝도 못하고 박혀 있었다. 도청 국장으로 있던 정임의 아버지와 신문기자였던 오빠는 전쟁이 나자 남쪽으로 피난갔고 여고 졸업 후 은행에 다니던 정임은 어머니와 여동생 둘과 함께 집을 지켰다. 인민군 치하도 사람 사는 곳인데 내 집에서 내 밥 먹고 사는데 여자들이야 무슨 일 있겠느냐고, 어머니는 남편이나 아들의 전력이 탄로날 일이 걱정될 때마다 그렇게 딸들을 다독거렸다.

*

아침부터 구둣발로 대문을 걷어차는 소리가 온 식구들의 잠을 깨웠다. 기어이 올 것이 왔다는 느낌에 정임은 자리에서 벌떡 일어났다. 황급히 고무신 끄는 어머니의 걸음 소리와 대문의 빗장 열리는 소리가 동시에 들린 것 같았다. 붉은 완장을 찬 청년들이 집 안으로 들어오고 그 뒤를 인민군들이 칼이 달린 긴 총으로 자신들의 무릎을 탁탁 치며 정임의 아버지 함자 뒤에 동무를 붙이며 찾았다. 오빠의 이름 뒤에도 동무가 붙었다. 남으로 피난갔다는 어머니의 설명에 그들은 집 안을 둘러보았다.

그들은 안방과 건넌방을 지나치고 정임이 거처하는 뒷방으로 먼저 들이닥쳤다. 정임을 황급히 옷을 갈아입고 이불을 갰다. 은행에 입사한 후 정임의 아버지는 건넌방 뒤로 작은 방 하나를 마련해주었다. 기름을 잘 먹인 노란 장판방이었다. 동생들과 부대끼며 지내다가 처음 가져보는 자기만의 방이었다. 어려운 은행 입사 시험에 합격해서 받은 선물 같은 방이었다. 인민군들은 방금 반다지 위에 개어 올려놓은 분홍색 차렵이불을 내동댕이치더니 책상 위에 책꽂이에 가지런히 꽂힌 책들도 방바닥으로 날아갔다. 방은 작았고 벽장도 없었다. 뒷문 밖에 있는 작은 툇마루까지 뒤진 후, 그들은 허탕을 치고 이번에는 안방으로 갔다.

"죄송하지만 구두를 좀 벗고 가시겠어요?"

정임은 흰 블라우스의 깃을 단단히 세우고 목소리를 다잡으며 말했다. 인민군 치하도 사람 사는 곳이라던 어머니의 말도 생각했고 일제 하에서도 살았다는 생각이 미쳤다. 안방에 군홧발을 들여놓는 인민군이 얼굴을 정임에게 획, 돌렸다.

"어? 저 쬐그만 에미나이 동무 지금 뭐시라케서? 동무, 지금 우리 하는 일이 장난인 줄 알간?"

고함이 벼락쳤다. 정임은 작은 키가 더 쪼그라드는 느낌이 들었다. 군홧발들은 방 안으로 들어가 벽장을 샅샅이 뒤지고 벽장으로 올라가 온갖 허접스런 살림살이들까지 뒤지고 다녔다.

"서 동무 정말 어디 간 줄 모른대요?"

귀에 익은 목소리였다.

"무, 문식아!"

어머니가 두려움 반, 반가움 반으로 불렀다.

식민시대부터 인근 한약방 사환으로 정임의 집에 꼬마둥이 때부터 들락거렸다. 정임의 아버지를 보면 고개를 깊이 숙여 인사 잘하던 참한 청년이어서 들를 때마다 어머니가 미숫가루며 과일 등을 챙겨 주었었다.

문식은 그 새 키가 더 큰 것같아 보였다. 그는 대답 대신 어깨를 으쓱하며 붉은 완장을 찬 팔을 들어올렸다.

"아줌씨, 저 청년반장 되얏당게요!"

한약 몇 첩을 줄에 매달아 달랑거리고 와서 인사하던 문식의 말투가 아니었다. 완장이 주는 힘이 국장님이라고 부르던 아버지의 호칭이 동무로, 마님이던 어머니도 서슴없이 아줌씨로 갈았다.

"이거이 좀 사는 집이디?"

안방 문갑 위에 놓인 전화기 선을 한 인민군의 총대 끝에 달린 칼이 가볍게 잘라냈다. 정임이네 한옥은 어머니의 섬세한 손길로 정갈하고 단아했을 뿐 규모도 작고 평범했다. 그러나 인민군이 굳이 말하는 '좀 사는 집'은 부르주아 반동계급을 말하며 그들에게 처분대상이라는 뜻을 나중에야 알았다.

"처자가 서정임 동무요? 아, 은행원이시고먼."

서류를 뒤적거리던 인민군이 갑자기 칼빈 총의 칼끝을 갑자기 정임의 옆구리를 겨누었다.

"당신네 아바이 오래비 이 반동들은 다 어디다 숨겼소?"

정임은 간이 숯처럼 까맣게 타들어갔다. 그보다 인민군의 입에서 나오는 '서정임'의 이름 자에 경악했다. 아버지와 오빠가 반동의 호칭도 무시무시하게 들리고 칼끝은 옆구리에 있다. 그러나 그녀는 겁에 질린 만큼 큰소리로 외쳤다.

"우리도 아버님 소식 몰라서 답답하고 걱정돼서 미칠 것 같아요. 당신네들 때문에 행방불명되신 분들이니 당신들이 찾아줘요."

인민군들의 눈이 커지고 어머니의 떨리는 손이 인민군의 총 든 팔을 붙잡았다.

"아주 간뎅이가 부은 에미나이 아이가. 어데서 반동들을 우리 보고 찾아내라고 해? 허!"

"아이고, 우리 딸이 에리서 아직 세상물정을 몰라요. 패잔병들 따라서 피난간 식구들 행방을 이 전쟁통에 어디로 간 줄 알것어요?"

총을 치켜세우려는 인민군의 손을 붙잡는 어머니의 손이 와들와들 떨렸다. 뒤에 서 있던 인민군 한 명이 저지했다.

"자아, 동무 오늘은 이까지만 합세."

총 든 인민군은 정임을 한번 노려보았다. 뜻밖에 총부리는 아래로 향해 있었다.

"서정임 동무는 내일부터 인민위원회에 나오기요. 아바이 대신 공화국 건설에 협조해야 할기요."

그들은 우루루 몰려왔을 때만큼 빠른 속도로 물러났다. 무리들 맨 뒤에 따라가던 문식이 획 돌아섰다

"아짐씨, 낼 정임이 동상 보위부로 보내주면 지가 잘 알아서 헐 거

구만요. 정임 동무는 잘허면 여맹위원장도 헐 수 있당게요. 여핵교 때 학도호국단장도 행응게. 지가 말 잘허면 되야요. 여맹위원장."

그는 빠르게 말하고, 대답도 듣지 않고 완장을 휘두르며 일행들 뒤를 쫓았다.

"어쩌끄나! 저놈들이 너를 물고 들어가네. 저것들이 문식이 그 착하던 놈을 금세 베려놨네. 지 세상 만났다고 위세가 당당혀. 뭐? 동상? 누가 지 놈 동상이여?"

8. 어깨동무 친구

땡볕이 칼끝처럼 내리쬐는 거리는 정적 속에 싸여 죽은 도시 같았다. 싸전이나 과자가게 약방 양품점 등의 모두 빈지문들을 닫아걸었고 도청 옆의 병원도 문을 닫았다.

정임은 아무리 생각해도 내일 인민위원회로 갈 수 없었다. 찾아가 몸을 숨길 곳은 상춘당뿐이었다. 늘 인주랑 놀던 곳인데 쫓기는 입장은 달랐다.

해 질 무렵 정임은 삼세병원 쪽으로 갔다. 큰길을 피해 도청 뒤 골목길로 해서 시내 길을 피해 방천길로 돌아가기로 했다. 그 도시를 동서로 가르는 넓고 긴 천은 내가 깊이 흘러서 아이들은 미역을 감고 여자들은 빨래를 했다. 그날도 넓은 방천 자갈밭 위에 있는 바지랑대로 높이 세워진 빨래줄에는 아직도 걷지 않은 이불 홑청들이 서쪽으로 늘어지며 햇볕을 쪼이고 있었다.

전쟁 중에도 사람들은 밥을 먹고 잠을 자고 빨래를 했다. 방천의 돌 틈에서도 잡초는 제자리를 지키고 있고, 개망초는 흐드러지게 피어났다. 내 건너편 작은 산에 있는 푸른 나무들도 무심했다. 어디선지 이명처럼 풀벌레 소리가 들리는 것 같았다. 소리나는 곳을 쫓다보니 소리는 자신의 귓속에서 나오고 있었다. 집에서 걸어서 십오 분쯤 걸리는 삼세병원으로 향하다가 발길을 돌려 방천으로 내려갔다.

돌계단을 내려가 빨래터 쪽으로 갔다. 해가 넘어가고 있었다. 정임을 자갈밭 위에 주저앉았다.

"혹시, 정임이 아니니?"

누군가 불러서 돌아보니 길자였다. 정임이 이사 오기 전, 같은 동네에서 살던 어릴 적 동무였다. 소학교를 다른 곳으로 가서 오래 못 보았었다. 못 보던 사이에 길자는 당연히 처녀가 되어 있었다. 잠시 반가웠지만 둘 다 한숨을 쉬며 웃었다. 그때 왜 그 생각이 났는지 모르겠다.

어머니들은 빨래를 하고 있었다. 길자가 자갈 위에 똥을 누고 있었다. 정임이 둔치에서 강아지풀을 꺾고 있었는데 길자의 엉덩이가 보였고 그 사이에서 똥이 한가락 쑥 빠졌다. 정임은 주위를 살폈고 혼자 키득거리고 웃었다. 누구나 저렇게 똥을 누고 사는구나, 나처럼. 한편으로 안심이 되었다.

길자는 아버지가 경찰이어서 남쪽으로 피난을 갔기 때문에 인민위원회에 호출을 받고 피신 중이라고 했다.

"그래, 너는 어디로 갈 거야?"

"우전면에 큰댁이 있어. 오래 못 가봤는데 거기밖에는 갈 곳이 없네. 거긴 무사한지. 그래도 시골이라 인민군이 들어왔어도 내가 있는 줄 모를 테니까."

정임은 고개를 끄덕였다.

"우전면까지 가려면 한참인데 어두워지기 전에 가야지."

"어두워지기를 기다리고 있는 거야. 전쟁통에 대낮에 내가 나타나면 누가 좋아하겠어?"

길자는 자갈밭에 팔베개를 하고 누워버렸다. 정임은 지천으로 핀 개망초꽃을 꺾어 길자의 머리에 베라고 내밀었다.

"아서라, 개망초라고 함부로 꺾지 마. 걔네들도 아무 데서나 피는 게 아니야. 사람들의 눈길이 닿아야 핀대."

정임은 농담이 실없다 싶으면서도 꺾은 개망초에게 미안해서 슬며시 꺾은 자리에 두고 길자 옆에 누웠다.

"너는 어디로 갈 건데?"

정임은 삼세병원으로 간다는 말을 하지 않았다. 길자에게 상춘당의 존재를 알릴 수 없었다.

"아직 몰라, 이 냇가에서 살까?"

"그럼 나랑 우리 큰집으로 같이 갈래? 거긴 농사를 지으시니까 일손도 필요할 거야."

" 너 하나도 빌붙기 어려운데 네 큰댁에서 꽤나 좋아하시겠다."

그렇게 둘이는 헤어졌다.

“살아서 보자.”

길자는 그렇게 말하고 어둠 속으로 멀어져갔다.

정임은 거기서 한참을 더 있었다. 별이 보였다. 밤하늘에 빛나는 수많은 아름다운 별 중에는 아버지와 오빠의 별도 있으련만 보이지 않았다. 별은 눈물 속에서 더 빛났다. 잠시 후 그녀는 삼세병원으로 갔다.

밤 늦게 온 정임을 보고 인주는 반갑게 맞아주었다. 둘은 상춘당으로 내려갔다.

인주가 어렸을 때부터 상춘당은 인주와 그녀 둘만의 놀이집이었다. 형제 없는 인주 가족들도 늘 다소곳한 정임을 반겼고 형제 많은 집에서 살던 정임의 입장도 그 집이 편했다.

정임은 부잣집 무남독녀가 가질 수 있는 행운을 다 가진 인주가 부러웠지만 겉으로 그 마음을 드러내지 않았다. 장남인 오빠에게 밀리고 동생들에게 치이고 양보하고 살아서 혼자 나름대로 서럽고 억울한 일도 많았지만 인주에게 내색하지 않았다.

인주와 비교하지 않는다면 정임도 딱히 남부러울 환경은 아니었다. 식민지 시절에 아버지는 직업도 일정하지 않아 어렵게 살았지만 해방 후 아버지가 안정된 공무원이 된 이후로는 비교적 잘 살았다. 소학교 같은 반에는 도시락을 못 싸오는 아이도 있었고 쌀밥을 못 먹는 친구들도 있었다.

그 도시에 가장 유명한 삼세병원 집 무남독녀 인주는 밝고 잘 웃었다. 하얀 얼굴에 얇고 긴 입술이 귀밑까지 올라가며 웃으면 주변까지 환해졌다. 결혼 전 서울에서도 신여성으로 멋쟁이였다는 인주의 어머니 설 여사가 인형처럼 가꾸어주는 인주의 차림은 누구의 눈에도 먼저 들어왔다. 열두 살 정임의 마음속에서 우러나는 시샘은 어쩔 수 없이 자신을 작고 초라함을 느끼게 했다. 때문에 사소한 일로 인주에게 시비를 걸고 토라지기도 했다.

어느 날 밤 정임은 인주에게 긴 편지를 썼다.

'사랑하는 내 동무 인주야. 우리가 동무가 된 지도 꽤 오랜 시간이 흘렀구나.'

절교하자는 편지를 쓰며 정임은 자신도 모르게 눈물을 훔치고 있었다.

'인주야, 내일부터 우리 학교에 따로 가자.'

왜 인주와 절교를 해야 하는지 이유를 설명할 수 없어서 그렇게 입을 떼었다. 평소에는 인주가 학교 가는 길에 정임의 집이 있어 인주가 정임이네로 들러 둘이서 어깨동무를 하고 학교로 갔고, 올 때는 정임의 집에 먼저 갔지만 정임은 또 인주를 겨끔내기로 데려다주었다. 거기서 인주는 또 정임의 집으로 가고, 정임은 다시 인주네로 가고. 날이 어두워져서야 둘은 깔깔대고 웃으며 헤어졌다.

그날, 하늘하늘한 하늘색 원피스를 새로 입은 인주는 한 마리 공작

새 같았다. 마침 학교에 따라왔던 설 여사가 원피스 허리 뒤 리본을 다시 묶어주는데 반 아이들이 탄성을 질렀다. 흡족하게 웃던 설 여사와 정임과 눈이 마주쳤다. 남색 블라우스 아래 검은 치마는 정임이 학교에 올 때만 입는 교복 같은 옷으로, 자신이 가장 아끼는 옷이었다. 인주의 공작새 같은 원피스의 깃털 하나만도 못하다는 생각이 설핏 드는데, 설 여사가 거들었다.

"그런데 정임이 너는 왜 키가 안 크니?"

실지로 4학년까지만 해도 그들의 키는 비슷했다. 그런데 인주가 오학년에 올라와 갑자기 키가 부쩍 크는 바람에 늘 하고 다녔던 어깨동무가 어느 날부터 불편해졌다. 옆자리 짝꿍이었던 인주는 맨 뒷자리로 가자 다른 친구들과 자연스럽게 어울렸다.

그날 정임은 인주를 바래다주고 그녀의 집 앞에서 전날 밤 울면서 쓴 편지를 내밀었다. 편지를 전해준 정임은 뛰다시피 집으로 돌아왔다. 편지를 읽은 인주 마음은 어땠을까? 정임은 인주에게 미안한 마음이 앞섰지만 처음으로 인주가 받았을 상처가 고소하기도 했다. 후련한 마음은 아니었지만 더 이상 인주와 자신을 비교하며 살지 말자는 다짐을 했다. 어차피 인주 주변에 친구들은 많았다. 인주는 계속 동화 속의 공주처럼 예쁘고 환하게 웃을 것이다. 안녕, 인주야. 편지를 쓰며 눈물이 베개를 적셨지만 정임은 단호하게 돌아누웠다.

그러나 다음날 평소보다 더 빨리 정임이 학교를 가려고 집을 나서는데 벌써 인주가 집 앞에 서서 기다리고 있었다. 뻣뻣하게 굳어 있는 정임의 손을 흔들며 인주가 소리쳤다.

"야아, 너, 왜 그래에?"

인주는 다시 정임의 어깨를 흔들었다. 그리고는 정임의 책가방을 뺏어 양팔에 들고 앞장서 걸었다. 그림자처럼 소리 없이 정임이 그 뒤를 따랐다.

다음날 하교할 때 인주는 편지를 정임에게 내밀었다.

"정임아. 나는 너와 지란지교를 꿈꾸고 있어. 내가 학교에서 돌아와 허물없이 수다떨 수 있는 넌 유일한 내 동무야. 옷을 갈아입지 않고 고무신을 끌고 갈 수 있는, 비 오는 일요일이나 눈 내리는 밤에도 악의 없이 동무들이나 선생님 욕을 해도 말이 날까 걱정하지 않아도 되는 동무가 있어 나는 행복해. 김치나 된장 냄새가 나도 허물없이 말 섞을 수 있는 동무가 있어서 좋아. 우린 서로 같은 꿈을 꾸는 동무야. 나는 네가 있어 정말 꿈 같아."

여학교에 가자 정임의 학업 성적은 전교 수석을 놓치지 않았고 더 이상 인주와 자신의 처지를 비교하지 않았다.

인주의 집에 있는 서재에 발을 들여놓기 시작하고부터는 더 자주 인주 집에 갔다. 이광수나 김동인 등 한국 작가들 책은 물론 톨스토이를 비롯해 도스토옙스키 푸시킨 등 인주네 집 서재는 정임에게는 보물섬이었다.

한동안 브론테 남매의 제인 에어와 폭풍의 언덕이 그녀를 홀렸다. 폭풍의 언덕에 버려진 히스클리프를 사랑했고 그를 버린 캐서린을 안타까워하다가 그녀의 배반에 돌을 던졌다. 히스클리프의 불행에 함께 한숨 쉬다가 그의 지극한 사랑에 몰입되었다. 정임은 폭풍의 언덕을 몇 번이고 읽어 자신이 소설의 주인공이 되어갔다. 제인 에어의 로체스타와의 안타까운 사랑도 소름끼치도록 애달팠다.

그녀가 책을 잘 읽는 것을 기특하게 여기는 정 원장은 원장실 안쪽에 있는 음악실도 개방해주었다. 축음기 바늘이 원반을 따라 빙빙 돌며 클래식 음악이 흘러나왔을 때 정임은 신세계를 본 것 같았다. 정임의 집에도 축음기는 있었다. 처음 원반 위에 얹힌 바늘을 따라 '이난영'의 노래가 간드러지게 나왔을 때 식구들은 모두 그 속에 예쁜 여자가 들어 있는 것 같아 축음기를 바닥까지 들여다보았었다.

정 원장의 음악실 선반에는 클래식 원판들이 가득찼다. 정 원장은 그들을 앉혀놓고 녹턴 G선상의 아리아 같은 소품에서부터 시작하여 슈베르트의 겨울 나그네 등 쉬운 성악곡을 들려주다가 오페라 아리아 곡을 들려주며 해설까지 해주었다.

베르디의 아이다를 듣고 나서 정임은 정 원장에게 물었다.

"왜 오페라의 주인공들은 다 죽을까요?"

"정말, 나비부인도 죽고, 로미오와 줄리엣. 맞아, 토스카도 별은 빛나는 건만을 부르며 다 죽네!"

인주가 대답했다.

"비극이 아름다운가봐."

정 원장은 그저 웃기만 했다.

음악과 문학, 그 풍성한 문화 속에서 정임은 인주와 함께 여학교 시절을 보냈다.

서울의 여자대학에 다니던 인주는 전쟁이 나던 날이 마침 일요일이어서 집에 다니러 내려왔었다. 생각할수록 아찔한 귀향이었다. 전쟁 중인 나라에서 여자들에게 생사보다 더 두려운 것은 가족과의 이별일 것이다.

아들도 없이 단 하나 키운 딸을 예쁘게 키워 시집 잘 보내면 될 것을 쓸데없이 머나먼 서울까지 보냈다고 아버지 정 원장을 원망하던 어머니 설 여사의 채근이 한몫했을 것이다.

불과 두어 달 전에 난생 처음 가족들과 떨어져 기숙사 생활에 쉽게 적응못하던 인주는 방학이 코앞에 있었는데도 토요일에 여덟 시간 넘게 기차를 타고 내려왔다. 다음날 또 올라와야 할 것을, 오고가고 길에다 돈과 시간을 다 뿌리고 다니느냐고, 같은 기숙사 한방을 쓰는 친구가 비아냥 비슷하게 말했었다.

서울의 여자대학 같은 과 친구들은 지방이지만 도청도 있는 이 도시를 시골이라고 했다. 서울 사람들은 서울이 아닌 곳은 다 시골이라 했다. 그들이 시골이라 칭했을 때 인주는 묘한 거리감을 느꼈다. 그녀에게 시골의 의미는 문명의 혜택을 받지 못한 곳이었고, 자신을 시골 친구로 치부하는 서울 친구의 태도에는 근본적인 우월감이 배어 있었다. 그녀는 기숙사나 교실 안에서 만나는 친구들에게 고향에서 하듯 똑같이 밝고 상냥하게 대했지만 돌아오는 반응은 낯설었다. 악수하자고 손을 내밀었는데 거절당한 느낌이었다. 같은 방 기숙사 친구들은 서로 같은 고향에서 와서 자기들끼리 살던 지방 사투리로 소통했다. 객지에서 홀로 느끼는 고립감은 서러웠다. 처음에 대단해보였던 대학 캠퍼스도 시내의 휘황한 명동 거리와 많은 사람들도 시들하게 느껴졌다. 차라리 고향에 새로 세워진 국립대학에 갈 것을, 후회도 했다. 그럴 때 다녀가라는 설 여사의 전보는 단비 같았다.

9. 적과의 동거

정임이 인민군들을 피해 삼세병원으로 왔을 때, 정 원장은 소나기는 우선 피하고 보자며 정임의 등을 다독였다. 그날부터 인주와 함께 상춘당에 머물렀다. 설 여사가 나서서 병원 안채에 있으라고 설레발을 쳤지만 정 원장은 안채는 더 위험하다고 했다.

하루가 일 년 같고 십 년 같았다. 어제는 까마득히 멀었고 오늘은 불안에 떨고 다가올 내일은 앞에 보이지 않는 두려움의 나날이었다. 상춘당에서 인주랑 함께 지내며 정임은 어머니가 인민군들에서 당할 고초를 생각하면 가슴이 타들어갔다. 어머니는 인민군들에게 자신의 부재를 어떻게 설명할까? 남쪽 어딘가로 피난을 가신 아버지와 오빠 생각에 앞이 보이지 않았다.

상춘당은 인주와 함께 놀던 곳이지만 인민군들이 집에 온 뒤 그곳이 피신처로 숨어 있는 마음은 달랐다. 같은 장소지만 친구 집에 놀러왔을 때와는 느낌이 사뭇 달랐다.

정 원장 말에 따라 다른 길이 없어서 주저앉았지만 삼시세끼 밥을 얻어먹으며 숨어 지내는 일이 바늘방석 같았다.

아직 삼세병원은 도시에서 유일하게 문을 닫지 않은 병원이었다. 입원실은 거의 비어 있지만 아픈 사람들은 아직도 병원을 찾고 있었다. 죽은 도시같이 황량해도 사람 사는 곳에는 병도 따라왔다.

갓 스무 살의 두 여자는 밤이면 상춘당 안방에서 이불을 뒤집어 쓰고 라디오 단파방송을 통해 인민군들의 남하하는 전황 소식을 들었다.

그러다 인주가 곧 병원으로 불려갔다. 간호원이 셋씩이나 고향으로 떠나자 일손이 부족해졌는데 어디선가 인민군 부상병들까지 병원을 찾았다. 정임도 손을 보태고 싶었지만 정 원장이 말렸다.

"혹시 누가 오는 소리 나면 얼른 방공호로 가 있어. 거긴 아무도 가지 않아. 알지?"

인주는 아침에 병원으로 올라갈 때마다 다짐했다.

정임은 고개를 끄덕였지만 할 말을 묻어두었다.

일제 강점기 시절 태평양 전쟁이 있어났을 때, 연합군의 공습에 대비해 파놓은 그 방공호에 설 여사가 날마다 나타나는 사실을 아무도 모르고 있었다.

여름의 긴 해가 서쪽 끝에 눌어붙고 바람 한 점 없어도 날은 끈적끈적했다. 돌계단에서 또각또각 힐 굽 소리가 들렸다. 집안에는 풀벌레 소리조차 들리지 않아 설 여사가 까치발을 들었어도 걷는 소리는 크게 들렸다. 양장을 한 설 여사였다. 설 여사는 전쟁 중인데도 집 안에서도 늘 화장을 했다. 눈이 크고 피부가 고와서 예쁜 얼굴이어도 분을 듬뿍 바르고 입술에 연지를 발랐다. 상춘당 축대 벽을 감고 능소화가 피어 있었다. 그 꽃은 지나치게 대담하고 눈부시게 요염하여 그 옆을 지나는 설 여사 같았다. 능소화는 장작더미가 활활 타오르면서 불꽃이 온몸을 핥는 것 같은 느낌에 정임은 몸서리쳤다. 능소화 덩굴은 여름빛을 받아 초록빛마저 달아오르는데 꽃들은 의연하게 아름다움을 뿜어내며 주황빛으로 타올랐다. 정임은 능소화를 볼 때마다 주황빛 입술연지를 바른 설 여사의 농염한 자태가 떠올랐다.

설 여사에게 인사를 하러 나가려던 정임은 그냥 방에 우뚝 서버렸다. 무언가 손에 보퉁이를 든 설 여사의 발걸음이 예사롭지 않아서였다. 설 여사는 대청마루와 안방 쪽을 은밀하게 살피더니 우물 쪽으로 빠르게 갔다. 정임은 대청 구석으로 기어가서 살짝 뒷산을 내다보았다. 설 여사가 대나무 숲에 나타났다. 그녀는 숲을 헤치고 들어가 곧 모습을 감췄다.

정임은 숨도 못 쉬고 구석에 쭈그리고 앉아 창밖을 내다보았다. 긴 시간은 아니었을 텐데 꽤 길게 느껴졌다. 발이 저리고 더 이상 몸을 숨기고 있기 힘들어 안방으로 가려는데 설 여사가 나타났다. 그녀는 뒤도 돌아보지 않고 우물 쪽으로 갔다. 코발트색 플레어스커트 자락을 잘록한 허리로 뱅뱅 돌리며 가벼운 걸음으로 돌계단을 오르는 그녀는 빈손이었다. 정임은 뒷산을 보았다. 바람이 불어 대나무 숲이 수런거리는 소리가 더 크게 났다.

밤에 정임의 어머니가 병원 안집으로 찾아왔다. 어머니는 어디서 구했는지 돼지고기 몇 근과 계란 등을 들고 설 여사 앞에 내놓았다. 정임에게는 정갈하게 풀 먹인 삼베 이불을 주었다.

"왜 이런 것들을 들고 오세요? 우리 집에도 다 있는데."

"암요, 다 있으시지요? 그래도 내 작은 성의잉게요. 전쟁 중인데 그것도 인민군한티 쫓기는 딸자식을 맺겨놓아 고맙고 미안하고 염치가 없어요, 진작 오고 싶었지만 조심스러워서요."

"아 글쎄, 병원 안채에서 내가 데리고 있으려는데 굳이 원장님이 상춘당으로 보내래요. 정임아, 원장님께 안채에 있겠다고 해. 인주랑 같이 지내면 좋잖아요?"

정임은 굳이 설 여사가 안집에 있으라는 이유를 알고 있었지만 아무 말도 하지 않았다.

그날 정임의 어머니는 상춘당 솟을대문의 위치를 알았다. 이후에는 가끔 밤에 은밀히 먹을 것이나 옷가지들을 가지고 들렀다가 인주가 병원에서 돌아올 때까지 같이 머물곤 했다.

"문식이가 찾아와 너 있는 곳을 대라고 하도 종주먹을 대길래 부산으로 피난 가신 늬 아버지 찾으러 갔다고 해두었어."

인주가 병원으로 가고 혼자 지내자 정임에게 그 넓은 집이 감옥처럼 느껴졌다. 안방과 대청 뒷문을 다 열어도 바람 소리도 나지 않았다. 뜰을 날던 나비조차 보이지 않는 완벽한 정적이 몸서리쳐지다가 어쩌다 생쥐 숨는 소리만 나도 오히려 깜짝깜짝 놀랐다. 단파로 듣는 라디오 소리는 지직거릴 뿐 잘 들리지 않았다. 책을 손에 들어도 읽히지 않았다. 설 여사가 하루 한번씩 드나들자 흘러내리는 땀을 닦아내면서 정임은 되도록 안방에 갇혀지냈다. 집안에서조차 자유롭지 않은 것이다.

인민군은 거침없이 남하하여 국토의 동남쪽 귀퉁이 땅까지 곧 덮칠 기세였다.

아버지와 오빠는 어떻게 될까? 나라가 이대로 저들 세상이 되어버린다면 아버지는 어디까지 밀려 내려가실까? 나라도 저들에게 협조해서 어머니와 동생들을 돌보아야 하지 않을까? 날 때부터 숙명으로 알고 살아온 이쪽 땅이 없어진다면 운명을 선택할 기회도 없어질 것이다.

일본인이 물러났을 때 정임은 여학교에 다니고 있었다. 식민지시대에는 아버지는 일정한 직업이 없었다. 그 시대에는 전문학교를 나온 조선 지식인들에게는 일자리가 없었다. 시골에서 소작농이었던 아버지 본가 도움으로 근근이 지냈었다.

해방되고 아버지가 도청에서 일하게 되어 집안 살림에 한숨 돌렸지만 나라 사정은 혼돈의 도가니였다. 기어이 나라가 반토막 나고 우여곡절 끝에 겨우 정부가 수립되었는데 숨 돌리자마자 또 전쟁이 난 것이다.

전쟁은 식민지시대와는 또 다른 참상이었다. 사람을 합법적으로 죽이는 세상이 온 것이다.

이미 이 땅의 통치자들은 믿을 수 없었다. 인민해방을 외치며 쳐들어온 저쪽의 무자비한 애송이 통치자의 얼굴도, 적이 탱크를 밀고 쳐들어왔는데 국민들을 내팽개치고 달아나며 한강 다리를 폭파하고 서울 시민들에게는 서울을 지키라는 녹음 방송을 라디오로 내보내는 이쪽 노회한 지도자도 믿을 수 없었다.

이 땅에서 불꽃을 튀기며 싸우는 이념은 일상을 살아가는 국민에게는 아무 의미가 없었다. 이념이라는 것도 자기가 편히 살기 위한 삶의 방편인 것을, 정임은 애국이니 인민이니 하는 거창한 구호들이 싫었다. 그런 말들은 자기 권력을 내세워 국민을 이용하려는 정치가들의 속임수에 불과하다고 생각했다. 그녀는 가족들과 생업을 유지하며 일상을 살면 되었다. 이편 저편에 서라는 통치자의 물음이 실감나지 않았다. 앞뒤 안 보이는 깜깜한 터널 안에 있어 앞으로 나갈 수도 뒤로 물러설 수도 없는 어둠의 수렁만 있을 뿐이었다.

"적들이 기어이 여기까지 왔어."

병원 일을 끝내고 내려온 인주가 아랫입술 한쪽 끝이 아래로 처지며 바르르 떨며 말했다. 곤란한 일이 있을 때 하는 버릇이었다. 요 며칠 병원 일로 힘들어도 내색않고 일부러라도 밝게 웃던 인주의 어두운 표정이 정임에게는 총알이 스쳐가듯 섬뜩했다.

"저들이 병원 입원실을 인민군 장교 숙소로 내놓으라고 며칠 전부터 아버지에게 부탁했었나봐. 부탁이 아닌 명령이겠지. 아버지도 피할 수 없으실 거야. 어쩌면, 저들이 오늘 올지도 몰라."

정임은 다시 심장이 오그라질 것 같았다.

"너는 여기 꼼짝 말고 있다가 인기척이 나면 얼른 대청 뒤로 가서 방공호로 가. 알았지?"

정임은 애매하게 웃었다.

인주가 병원으로 올라가자 정임은 섬돌 위에 자신의 신발을 감추고 안방 뒤 골방으로 갔다. 뒷산으로 난 문을 열고 툇마루에 앉으면 그런대로 바람이 불어주었다. 뒷산 수런거리는 대나무 숲을 보다가 정임은 그 숲을 헤치고 가서 도대체 방공호 안에 누가 있어 설 여사가 먹을 것을 날마다 챙겨들고 가는지 궁금했다.

방공호는 여학교 때 두어 번 가본 적이 있었다. 바위 벽은 습했고 열서너 걸음 들어가자 굴은 기역 자로 휘어졌고 그 위에 평상이 있었다. 평상 바닥이 대나무라 시원하던 기억이 나는 걸 보니 그때도 여름이었지 싶었다.

"마침내 적이 우리 병원에 진주했어."

"그 사람들 너도 봤어? 어떻게 생겼어?"

"아직 못 봤어. 송 집사님한테 들었어."

"원장님은?"

"인민군 대위가 원장실에 인사하러 갔대."

"원장님은 너에게 아무 말도 안 하셔?"

"응, 나도 묻지 못했어. 그들이 아직까지 여긴 몰라."

"벅구야, 너도 덥지? 비라도 좀 와주지. 오늘은 환자가 많았어. 수술환자까지 있었고. 어머, 포도가 정말 주렁주렁 열렸네!"

병원 일을 마치고 상춘당으로 내려오는 계단에서 인주는 병원 안집에서 정 원장이 키우는 진돗개 이름을 부르며 요란하게 인기척을 했다. 혼자 숨어 있는 정임에게 그렇게 신호하는 것이다. 인주는 대청마루 돗자리 위에 소반을 놓고 함지에 싼 간단한 저녁을 밥상을 내놓았다. 된장에 열무김치 황석어젓갈 등 몇 가지 상리댁이 담아주는 대로 가져오고 수박이나 참외 등 과일까지 챙겨왔다.

그날은 인주가 조용히 왔다. 정임은 묘한 긴장감을 느꼈다. 언제나, 심지어 전쟁 중이어도 웃음이 입가에 번지고 있어 때로 철없어 보이기도 했던 인주의 웃음기 없는 얼굴은 낯설었다.

어차피 친구에게도 어느 만큼은 거리가 있어야 하는 것을 혼자서 체면 없이 신세만 지고 있다는 자책이 빠르게 밀려왔다. 그녀는 인주와 그녀의 가족에게 오랫동안 신세를 지면서도 당당하게 대하려고 스스로에게 비굴할 만큼 안간힘을 썼다.

그러나 그날 인주의 침묵은 정임에게는 채찍보다 아팠다. 인민위원회에 끌려가는 일이 있더라도 더 이상 상춘당에 머물러서는 안 되겠다는 마음이 들었다. 사실 전날에도 어머니는 솟을대문으로 밤 늦게 찾아왔다. 하루 걸러서 찾아오는 문식에게 정임이 아버지 찾아 남으로 갔다고 했으니 집에 오지 말고 꼼짝 말고 상춘당에 있으라고 했지만, 더 이상 길이 없었다.

그런데 마루에 웅크리고 무릎에 깍지걸이한 두 손에 턱을 받치고 한참을 있던 인주가 뜻밖의 말을 했다.

"정임아. 아버지가 너를 부르셔. 지금."

10. 선택

정 원장은 모시 적삼 차림으로 정임의 절을 받았다.

“우리 정임이 힘들지?”

만날 때마다 이름 앞에 ‘우리’라는 그의 정답고 자상한 음성을 들을 때마다 정임의 마음 안에 작은 불이 켜졌다. 또한 울컥하기도 했다. 그러나 그날 ‘우리 정임이’를 부르는 그의 미간은 미세하게 떨리고 있었다. 불과 한 달여 사이에 그의 머리에 흰머리가 희끗희끗 늘어나고 얼굴의 윤기도 없어보였다. 정임은 울음이 와락 나는 걸 입술을 앙다물며 참았다. 너무 오래 원장님에게 큰 짐을 씌웠다. 어렸을 때부터 딸의 친구라는 이름으로 너무 많은 은혜를 입으며 살아왔다. 이제는 그 도움을 베푼다고 덥석 받을 나이도 아니었고 시국이 시국인 것을. 아무리 딸 친구를 딸처럼 대해주었다고 해도 딸은 아니다. 그리고 이 혼돈의 세상에서 반동분자의 딸을 숨겨주는 것이 정 원장에게 어떤 어려움인지 미련하게 그때야 깨달은 것이다.

"원장님."

그녀는 또렷한 음성으로 그를 불렀다.

"저, 오늘 집으로 가겠습니다."

정 원장은 그녀를 물끄러미 한참을 보더니 고개를 끄덕였다. 크게 놀란 표정도 아니었다.

"집으로 가면, 괜찮겠나?"

"피할 수 없으니 부딪칠 수밖에요."

어쩔 수 없이 정임의 음성은 떨렸다.

"상춘당에는 더 이상 네가 있을 수 없게 되었다. 여기 와 있는 인민군 대위가 네가 거기 있는 것을 알고 있어. 아직 인민군이 들어가지 않은 시골에 혹시 친척이 없을까?"

정임은 고개를 저었다. 조부모가 사는 가까운 시골도 이미 인민군이 들어갔다고 들었다.

"차라리 병원에 나와서 내 진료를 도우면 어떨까? 내 생각에는 그게 인민위원회 나가는 것보다는 나을 것 같은데, 세상이 바뀌면 네 입장이 어찌될지 모르긴 하지만."

"원장님은 괜찮으실까요?"

고개를 폭 숙인 정임이 정 원장에게 감히 물었다. 그는 정임에게는 바위 같은 분이었어도 마음에 오래 담아둔 질문이었다. 친구인 인주에게도 차마 묻지 못했었다.

"나는 다만 할 수 있으니까 하는 거다. 그게 인간에 대한 예의고 내가 배운 의술에 대한 의무라서."

어렵게 물었지만 대답은 의외로 쉬웠다.

정임은 더 묻고 싶었지만 입을 다물었다. 삼세병원이 병원 문을 닫지 않고 진료를 계속하는 것은 그럴 수 있다. 인민군 치하여도 그들이 분류해놓은 반동분자들을 제하면 평범한 국민, 아니 인민들은 생업을 조심스럽게 이어갔다. 저쪽 세상에서는 인텔리보다 노동자들을 칭송했고 초라한 행색을 한 서민들을 더 우대했다.

미군이 참전했다는 소식을 얼마 전 단파방송을 통해 들었다. 국군이 들어오면 인민군 병사를 치료하고 인민군 장교들에게 숙소까지 제공하고 있는 일이 용서될까?

"세상이 바로 되면 내 잘못을 물어도 할 수 없고. 나는 내 자리에 내가 할 수 있는 일을 한다. 너는 나와는 또 입장이 다르지 않니? 아버님이 공직에 계시니, 내키지 않으면 뒷산 방공호에 숨어 있는 방법도 있고."

정 원장의 말이 끝나기도 전에 설 여사가 미숫가루를 들고 왔다. 평소 정임에게 상냥하지도 무뚝뚝하지도 않던 설 여사가 그날만은 살가웠다.

"젊은 처녀가 그 험한 방공호에 어떻게 있어요? 낮에도 음침하고 밤에는 귀신 나올 것 같을 텐데. 지금 지내는 상춘당도 종일 혼자 지내기 무서웠을 텐데. 그러지 말고 정임아. 병원에서 원장님 도와주면서 인주 방에서 같이 지내. 지금 간호원들이 다 고향으로 가버리고 딱 한 명만 남아 있어. 원장님이나 인주가 얼마나 힘든 줄 아니? 물론 은행에서 일하던 니가 병원 일 하려면 힘들겠지만, 지금 세상에 찬밥 더운밥 가릴 때가 아니잖아? 니가 도와주면 니 가족 생계도 해결해줄 수 있고."

정 원장이 손을 들고 설 여사의 말을 제지했다.

"정임아. 미안하구나. 이 일은 내가 결정해줄 수 있는 일이 아니니다. 네가 오늘 밤 안으로 결정해라. 병원이든 방공호든."

"글쎄, 방공호는 안 된다니까요. 거긴 홍필승이가 있어요."

"필승이가? 홍필승이?"

"전쟁 전에 경찰 한다고 인사 왔었잖아요"

"그랬지. 언제부터 방공호에 있었건 거야?"

"인민군 들어오고 바로 왔어요. 상춘당에는 정임이가 있어서 방공호에 있으라고 한 거예요, 홍필승도 방공호가 더 안전하다고 생각하는 것 같았어요."

선택지의 답은 쉬웠다.

그날로 정임은 병원 안채 인주 방으로 옮겨갔다. 한 가지만 생각하기로 했다. 정 원장님과 인주에게 도움되는 일이었다. 정임은 그렇게 자기를 다독였다. 다른 길은 보이지 않았다. 그냥 다른 길이 없어 그 길로 가는 것이다.

정임은 간호원 일을 익혀갔다. 환자 접수와 약 조제를 인주가 도맡

아하던 일을 정임이 나누어 약 조제를 했다. 응급환자가 있을 때는 수술실에도 가서 허드렛일과 응급처치하는 법을 배우고 틈틈이 한 명 남은 간호원에게 주사놓는 법도 배웠다. 몸을 움직여 힘든 일을 하는 것이 상춘당에 숨어 지내는 일보다 훨씬 마음도 편했고 시간도 잘 갔다. 머리를 단정히 뒤로 묶고 긴 목을 살랑 움직이며 입가에 미소를 놓지 않고 접수대에 앉아 환자를 대하는 인주와 마주 보이는 약제실에서 눈이 마주치면 정임은 잠시 긴장의 끈이 풀렸다. 둘이는 서로를 마주 보며 싱긋 웃었다. 심지어 전쟁도 잊었다. 예전에도 그랬지만 인주는 누구에게나 싹싹했다. 인민군이 내려와 위층 입원실을 차지하고 있는데도 위기감이 없는지 병원 일을 하면서도 늘 웃고 심지어 인민군 환자들에게도 친절했다.

정임에게 가장 꺼려지는 시간은 인주네 가족들과 함께 식사할 때였다. 정임은 간호원과 상리댁이 식사하는 부엌이 더 편했지만 정 원장과 인주가 굳이 자기네 밥상으로 정임을 불렀다.

"아버지, 식구가 많으니 좋아요."

설 여사가 차려내는 둥굴레 밥상은 전쟁 중이어도 전과 다름이 없었다. 상춘당 채소밭에서 열무와 호박과 가지 등 푸성귀가 흔했고 살림솜씨가 여문 설 여사의 곳간에는 철철이 담가둔 젓갈들과 밑반찬으로 마른 생선들이 차곡차곡 쌓여 있었다. 끼니마다 애호박에 풋고추를 넣은 된장찌개 냄새가 구수했다. 계란을 풀어 찐 명란도 일미였다.

"이 보리굴비 맛있어."

인주가 노릇노릇하게 구워진 굴비 등에서 살 한 점을 뚝, 떼어 정임의 밥 위에 올려놓았다. 콩나물무침으로 젓가락을 가져가던 정임은 무의식적으로 설 여사쪽을 보았다. 그녀가 인주에게 눈을 흘기고 있었다.

정임은 굴비 살을 도로 인주의 밥 위에 얹어놓았다.

"나는 굴비 안 좋아해."

"왜? 너 보리굴비 좋아했잖아?"

눈치 없는 인주가 정임을 타박했다.

식구들이 먹고 난 둥굴레 밥상을 상리댁과 송 집사가 맞들고 나가면 정임은 주전자와 물 대접을 들고 부엌방으로 따라갔다.

나이 열일곱 살에 혼인했다가 소박을 당했다는 상리댁은 오동통한 몸매에 걸찍한 사투리가 시원스러웠다.

그녀는 커다란 양푼에 보리밥을 퍼담고 그 위에 열무김치를 듬뿍 얹고 밥상에서 남은 비름나물과 콩나물무침까지 거침없이 쏟아부었다. 그 위에 윤기가 반질거리는 새빨간 고추장과 참기름을 몇 방울 쳐서 어깨를 힘차게 돌리며, 간호원과 송 집사를 목청 크게 불렀다.

"송 집사님, 김 간호원. 빨랑빨랑들 오시오잉. 비빔밥이 둘이 먹다 하나가 죽어도 모르것당께!"

송 집사만 따로 비빔밥을 덜어주고 간호원과 함께 양푼 위에 코를 박고 밥을 먹는 아주머니 코에 땀이 송송 맺혔다. 정임도 그 양푼에

숟가락을 얹고 싶었다. 양푼에 담긴 보리밥이 사기그릇에 있는 하얀 쌀밥보다 더 맛있어 보였다.

어느 날 붉은 완장을 앞세운 문식이 약 조제실 앞에 기다란 얼굴을 내밀고 나타났다.

"이게 누구여? 부산 갔다는 동무가 왜 여기 있당가? 그새 부산에서 왔나보네!"

이죽거리는 그에게 정임은 기다리고 있었다는 듯이 고개를 꼿꼿이 들었다. 좁은 도시에 단 하나 문을 연 병원에서 일하는 정임의 소식이 문식에게 가는 시간은 그리 오래 걸리지 않았을 것이다. 그녀는 아래로 축 내리깐 문식의 눈을 똑바로 보았다. 하루 건너 그녀의 집을 찾아와 정임의 어머니를 괴롭힌다는 문식의 얼굴을 보자 정임은 들고 있던 약 처방전으로 그의 면상을 후려쳐주고 싶은 것을 간신히 참았다.

"난 지금 공화국 동무들을 치료해주고 있는데요. 왜요?"

"뭔 소리여? 동무 같은 똑똑한 여성이 여맹위원회에서 일히야지. 이런 디서 허드렛일이나 하고 잡퍼? 당장 보위부로 가!"

정임은 대기실에 빼곡히 들어앉은 환자들을 가리켰다. 초라한 행색의 노동자들은 인민군들을 별로 싫어하지 않았다.

"지금 저 환자들이 눈에 안 보이세요? 최문식 청년위원장니임."

정임의 앙칼진 목소리가 문식의 화를 더 부추겼다.

“뭣이여?? 이 반동분자가 시방 어디다 대고 큰소리여? 여맹위원회에 공화국 건설허는디 헐 일이 얼매나 많은디?”

“청년위원장 눈에는 여기 병원 일이 여맹위원회보다 하찮게 보여요? 여기 계신 환자분들도 당신들이 위한다는 인민이라고요!”

정임은 자기 목소리가 자기 귀에도 크게 울렸다고 생각했다. 그렇게 한다고 풀릴 분이 아닌데도, 병원 안에서 크게 벌일 일이 아니라는 것을 알고 있는데도, 터진 둑에서 쏟아져 내리는 폭포처럼 자신을 제어할 수 없었다.

“허, 이 반동분자가.”

문식의 입이 떠억 벌어졌다.

“이 반동분자 딸이 세상 뒤집어진 줄 모르고 날뛰네, 야, 니가 나를 느그 집 똥개 취급혔던 거 진작부터 알고 있었당게. 여핵교 댕긴다고 으스대고 은행 댕긴다고 잘난 체허는 시상이 아니고 지금은 인민들이 다 해방되얏어. 긍게 너 같은 반동들은 오늘 밤부터 교양강의를 받아야혀.”

얼굴이 벌겋게 달아오른 문식이 팔을 걷어올렸다. 빨간 완장이 달랑거렸다. 송 집사가 달려와 문식의 팔을 붙잡았다. 대기실의 환자들 사이에서도 긴장감이 감돌았다.

그때 우렁찬 청년의 목소리가 팽팽하던 긴장을 갈랐다.

“동무, 여기 조국을 위해 싸우다가 부상 당한 인민군 병사 돌보는 일이 여맹위원 일보다 더 긴급한 걸 모르나?”

모두의 눈이 소리나는 쪽으로 갔다. 붉은 계급장이 박힌 모자를 쓴 인민군 장교가 이층에서 성큼성큼 내려오고 있었다. 키가 훌쩍 큰 청년의 얼굴이 낯설지가 않았다. 단 한마디 말로 문식의 치켜든 팔을 힘없이 떨어뜨린 청년이 정임을 보았다. 순간 정임은 그 자리에 얼어붙는 듯한 느낌이었다. 정임은 곧 그의 짙고 고요한 눈빛에 빨려들었다. 치켜들었던 그의 짙은 눈썹이 정임과 눈이 마주치자 싱긋 웃었다.

어디서 온 사람인가? 저런 인민군도 있나? 심지어 그가 입고 있는 인민군 장교복도, 몸서리치던 붉은 계급장도 그 사람, 김단이 입고 있으니 빛났다.

갑자기 부동자세가 된 문식이 경례를 하는 손이 눈썹이 끝까지 올라갔다. 그 순간 정임은 또다시 놀랐다. 김단 대위 뒤에서 하얀 간호복을 입은 인주가 눈을 찡끗하며 손을 들어 정임에게 신호하고 있었다.

11. 돌 틈에 핀 꽃

“조금 이따 음악실로 와.”

저녁을 먹고 연한 보라색 원피스로 갈아입은 인주가 먼저 방을 나갔다. 그날도 여느 때처럼 환자가 많았는데 맹장 환자 수술까지 있었고, 끝난 뒤 수술방 청소 등 종일 병원에서 종종거려 다리가 부은 정임의 몸은 무거웠다. 그런데 방을 나가는 인주의 발걸음은 가벼워 보였다.

정임은 한참을 그대로 벽에 등을 기대고 다리를 쭉 뻗었다. 하루하루가 길었다. 불과 몇 시간 전 일이 옛날 일처럼 아련해지는 나날의 연속이었다. 문식이 다녀간 뒤로 집에도 다녀왔다. 아버지 소식은 전혀 몰랐다. 어머니는 반동분자 가족이라 밤마다 여맹위원회에 나가 교양 교육을 받는다고 했다.

사람들은 서서히 전시 상황에 길들여지고 있었다. 싸전이나 약방 잡화점 등은 닫혔던 빈지문을 열었고 시장도 열리니 모처럼 사람 사는 세상 같았다.

음악실을 찾아서 안채에서 병원 쪽으로 가던 정임의 시선이 잠시 머물렀다. 목제 건물을 받치고 있는 주춧돌들 틈새로 손가락 마디보다 작은 보랏빛 제비꽃 한 송이가 올라와 때마침 부는 미풍에 고개를 할랑거리고 있었다.

세상에! 어떻게 저 딱딱한 돌 틈 어디에 뿌리를 내리고 그 여린 줄기를 타고 올라와 대견하게 꽃을 피웠을까? 바로 앞 정원에도 비옥한 땅 이음새 어느 곳에 있는데, 어떻게 저 꽃은 돌 틈에서 외로이 내밀고 고개를 흔드는가? 잔잔한 감동이 가슴에 흘렀다.

오랫동안 음악을 잊고 살았다. 여학교를 졸업하고 인주가 서울로 간 뒤로 음악실에 못 갔으니 따져보면 넉 달쯤 전일 텐데, 그때가 어린 시절 시냇가에서 물장구치며 놀던 때처럼 멀게 느껴졌다. 병원 일을 하고부터 인주와는 숙식을 함께하고 수시로 만나면서도 별로 깊은 말을 섞을 기회가 없었다. 정임은 저녁을 먹으면 바로 잠에 빠졌지만 인주는 그렇지 않은 듯했다.

병원 일에 행여 실수할까 꼼꼼하고 진지하게 일하는 정임에 비해 인주는 환자들에게도 시원시원하게 대하고 쉽게 일을 처리했다. 활기 없고 어두운 표정의 환자들에 치어 힘들 것 같은데도 인주의 다정한 음성은 맑고 활기찼고 뽀얀 얼굴은 눈부셨다. 원장 딸의 당당함일까? 두어 달이지만 대학 공부를 해서일까? 아니, 이건 반동분자

아버지를 둔 내 열등감일까? 정임은 잠깐씩 복잡한 생각에 잠기기도 했다.

원장실 안쪽에 음악실이 있었다. 텅 빈 원장실 문을 열고 들어가자 바이올린 선율이 흘러나오고 있었다.

트로이메라이다. 정임은 그 자리에 우뚝 서버렸다. 정 원장이 어린 인주와 정임을 음악실에 앉혀놓고 맨 처음 들려준 곡이 슈만의 곡이었다. 정임은 영혼을 위무하는 바이올린과 첼로의 선율이 자신이 내딛는 발걸음에 흔들릴까봐 꼼짝 못하고 서서 들었다. 움직이면 곡의 선율이 흔들릴까봐. 곡이 끝나자 음악실 안에서 남녀의 작은 웃음소리가 섞여 나왔다.

음악실 문은 열려 있었다. 등을 보이고 있는 남자가 자신의 어깨만큼 큰 축음기의 태엽을 경쾌하게 감고 있었다. 레코드판을 축음기 원반에서 꺼내고 있는 인주의 얼굴에서 화르르 웃음이 번졌다. 정임은 그 광경을 믿을 수 없었다.

음악 감상하는 청년과 처녀의 정경은 이 전쟁의 한복판에서 어이없게도 낭만적으로 보였다.

인주가 정임을 손을 흔들며 불렀다.

"정임아, 들어와."

정임이 어정쩡하게 들어섰다. 순간 정임은 자신의 작은 키가 그들 앞에서 더 바닥으로 가라앉는 느낌이 들었다.

"인사해. 김 대위님."

청년은 정임을 향해 가볍게 목례를 보냈다.

"김단입니다. 우리 전에 우물가에서 보았지요?"

아, 정임은 속으로 탄성을 질렀다. 그 남자, 상춘당 우물에서 물을 긷고 세수를 하고 감은 머리에서 비누 냄새를 뿌리던 청년과, 붉은 계급장을 달고 이 병원에 점령군으로 와 있는 군인이 같은 사람이다. 그리고 문식이 행패부릴 때 정임을 여기서 일할 수 있게 해준 고마운 분이다. 그리고 지금 인주와 다정하게 음악을 감상하는 청년도 같은 사람이다. 그때마다 그는 다른 사람으로 보였다. 사람은 그가 처한 자리에 따라 전혀 다르게 보일 수도 있었다. 그러나 어떤 모습이든 그는 김단이었다.

"그래, 정임아. 대위님이 너를 여기서 일하게 해주신 거야."

정임은 고마웠다는 말을 하지 않았다. 그는 인민군이었다.

소련의 탱크를 몰고 남하해서 동족을 죽이고 이 도시를 점령하고 들어온 인민군의 칼끝이 옆구리에 닿던 순간이 아직도 정임의 오금을 저리게 했다. 어머니를 밤마다 강제로 불러들여 반동이라는 이름을 붙인 아버지의 행방을 캐묻고 밤마다 교육이라는 미명 하에 공산혁명을 선전하고 강제노역을 시키는 그 인민군 중의 한 장교가 정임의 눈앞에 서 있다.

"앉으세요. 아무리 인민군이라지만 궁극의 목표는 평화입니다."

정임이 계속 서 있자 그녀의 복잡한 심사를 눈치챈 김단이 말했다. 나직하게 말했는데 목소리가 성량 좋은 가수처럼 크게 울렸다.

평화? 정임은 자기도 모르게 고개를 꼿꼿이 들고 청년을, 뻔뻔하게 감히 평화를 말하는 인민군을 노려보았다. 그런데 청년의 깊고 선한 눈빛이 그녀를 향해 웃었다. 군복 대신 흰 셔츠에 검은 바지를 입고 세수를 막 끝낸 청신한 얼굴로 두 여자를 보던 그는 고무신을 신고 있었다. 군화가 아닌 검정 고무신이 그가 보통사람이라는 안심을 주었다. 인주가 내미는 팔에 못이기는 척하며 의자에 앉는 정임에게 김단이 물었다.

"듣고 싶은 곡 있으세요? 공자님이 그러셨던가요? 음악은 사람들의 마음을 하나로 모으게 한다고요."

정임이 머뭇거리자 인주가 제안했다

"푸치니, 아리아 어느 개인 날, 정임이 니가 즐겨 듣던 아리아잖아."

김단이 익숙하게 레코드를 찾아내어 원반에 올려놓았다. 빙빙 도는 축음기 바늘 끝에서 애절한 소프라노 음성이 방 안에 파도처럼 몰려왔다. 떠나간 연인을 속절없이 기다리는 수줍은 나비부인의 망부가가 정임의 가슴에 사무쳤다.

생사조차 알 수 없는 아버지를 생각했다. 어머니는 또 얼마나 가슴 졸이며 아버지를 기다리실까?

노래가 끝날 즈음 눈가에 이슬이 맺힌 인주가 말했다.

"나비부인의 사랑은 왜 그렇게 조심스러울까요? 오랫동안 기다리던 연인이 항구에 도착했다는 소식에도 그 앞에 나서지 못하고 먼 동산에서 바라만 보다니."

김단이 대답했다.

"미국 제국주의자들이 동양 여인의 순정을 그렇게 짓밟았어요. 미군들에게 점령지의 여자란 날갯짓 하며 가볍게 날아다니는 한 마리 나비에 불과했어요. 가냘프고 우아하고 하늘하늘한 그 날개를 잡아 자신의 표본 중 하나로 잡아 핀으로 꽂아두고 즐기는 게 미군들 짓이지요. 그에 비해 나비부인의 순정은 섬세하고 지순했지요."

"아름다운 음악을 그렇게 정치적으로 해석해야 하나요?"

정임은 말하면서도 딱히 꼬투리를 잡을 수 없었다.

12. 방공호 안의 남자

날은 덥고 인민군 부상병 환자가 더 늘어나 병원 일은 생각할 틈을 주지 않고 바쁘게 지나갔다. 그래도 인주는 거의 매일 병원 일을 끝내면 음악실에 갔다. 앞 가르마를 타서 쓸어올린 머리를 뒤에서 하나로 땋아내린 인주의 얼굴은 날마다 피어났다.

"요즘은 바이올린 협주곡을 듣고 있어. 김 대위님은 아버지보다 음악 해설을 더 잘해 주셔."

배시시 웃는 인주의 볼이 붉어져도 정임은 모르는 체했다. 가끔 인주의 청에 못이기는 척하고 정임은 음악실에 갔었다. 김단과도 서로 편하게 지내게 되었다. 서울에서 자라 대학을 다니다 분단이 된 후 아버지를 따라 북으로 갔다는 그가 이쪽 말을 써서인지 회색빛 나날들을 음악으로 위로하며 지내서인지, 쉽게 친해졌다.

식민지에서 해방된 뒤 두 강대국에 의해 남과 북이 갈라지고 사회는 좌우로 이념싸움이 치열해져도 보통 사람들에게 크게 문제가 아니었고 생계가 우선이었다. 남에서 살았으므로 민주주의 나라에서, 북에 살던 사람들은 공산주의 체제에서 살아온 것뿐이다. 정임이 보기에 김단에게는 저쪽 인민들에게도 유토피아에 대한 꿈은 이미 없어진 것 같았다. 그는 정임과 인주에게 공산주의에 대한 말은 별로 하지 않았다.

정임이 꼭 이런 방식으로 통일을 해야 되느냐고 물은 적이 있었다. 김단의 얼굴이 어두워졌다. 우수에 찬 김단의 모습을 보는 순간 정임은 후회했다. 인주가 안쓰럽게 김단을 바라보며 정임의 옆구리를 찔렀다. 김단을 담배를 꺼냈다. 그는 자기가 뱉어낸 연기를 바라보며 말했다.

"해방되어 우리가 잘살 거라는 믿음이 허상이었듯, 지금 어떤 세상이 와도 평화가 쉽게 오리라는 보장이 없어요. 어쩌면 인민이든 국민이든 권력을 위해 총 든 통치자를 위해 싸우고 있을 수도 있고요. 전쟁에 나오기 전 인민군들은 우리에게 전쟁을 사랑하는 법을 가르쳤지요. 사랑하면 무모해지지요. 조국 해방을 위한 명예로운 죽음을 배웠어요. 저도 그 생각에 도취된 적도 있어요. 무엇보다 식민 통치에서 어렵게 벗어난 우리나라가 분단이 고착화되는 것을 원하지 않았으니까요. 서울을 탈환하고 남으로 내려오면서 불꽃 튀기는 전장의 포연 속에서도 내 머릿속에는 지도자의 얼굴만 있었어요. 그러나 정작 전장에서 나에게 등을 보이고 도망가는 양민이나 짐보따리를 머리에 이고 피난 가는 여자들에게까지 어쩔 수 없이 총질을 해야 했을 때, 내가 지켜야 하는 것이 조국인지 이념인지 정치인지 회의가 들 때도 있지만, 전쟁의 광기, 그래요. 미치지 않고는 할 수 없는 일이었지요. 그래도 분명한 것은 내가 발 딛는 땅이 지켜야 할 내 조국이겠지요."

담배를 비벼끄는 김단에게 정임은 조심스럽게 물었다.

"이런 식으로 통일된다고 평화가 오겠어요? 그쪽 애송이 통치자가 너무 성급했던 거예요. 통일이라는 것도 그래요. 우리 삼국시대에도 우리 민족은 오랫동안 나눠 살았지요. 시간을 두고 평화적인 통일 방법도 있었을 텐데, 이젠 너무 늦어버린 것 같아요. 이런 식의 통일은 서로에게 상처가 너무 커요."

인주가 얼른 브람스를 듣자며 대화를 돌렸다.

브람스의 바이올린 협주곡을 듣고 자리에 돌아와 누운 정임의 머릿속에서 김단의 얼굴이 서성거렸다. 담배 연기를 쫓던 남자의 우수어린 눈이 가슴으로 오는 것을 정임은 애써 지우며 잠을 청했다.

말똥말똥한 눈으로 천장을 보고 있는 인주의 눈가에서 주르르 흘러내리는 눈물이 관자놀이를 타고 내려왔다. 정임은 모른 체했다. 인주가 자리에서 일어나 책상에 가서 얼굴을 묻고 한참 울었다. 정임은 벌써부터 김단을 마음에 둔 인주의 마음을 읽었다. 우물가에서 낯선 청년에게 표주박을 건네주었을 때, 음악실 향하는 그녀의 깃털처럼 가벼운 걸음걸이에서, 김단과 함께 있으면 콧등을 찡끗거리던 인주의 눈웃음에서, 그런데 마음속에 있는 말들을 정임에게 다 쏟아내던 인주가 어느 날부터 김단에 대해 더 이상 입을 다물기 시작했다. 대신 그녀는 밤에 홀로 잘 울었다.

정임은 차츰 인주에게 병원 일을 핑계를 대고 음악실에 가지 않았다. 김단은 정임의 마음에도 벌써 자리잡았지만 그만 접기로 했다. 아름답고 귀한 보석은 당연히 인주의 몫이었다. 옛날에도 그랬던 것처럼.

정임은 병원에 할 일이 많아서 오히려 좋았다. 밤 늦게 환자가 끊긴 뒤로도 가장 나중까지 남아 진료실은 물론 대기실까지 청소를 하고 입원실을 들락거리며 환자들을 돌보았다.

"그렇게까지 열심히 하지 않아도 된다. 정임아."

수술실 바닥을 소독약으로 닦고 있는데 정 원장이 들어왔다. 정임은 정 원장에게 밝게 웃으려 했는데 자신도 모르게 왈칵 눈물이 났다. 정 원장은 말없이 정임을 안고 등을 토닥였다.

"오늘은 니가 좋아하는 브루흐 바이올린 협주곡을 듣자. 김 대위님도 너를 기다리셔."

정임도 오랜만에 가슴 밑바닥을 훑으며 영혼을 뒤흔드는 바이올린의 음울한 선율이 그리웠다. 그즈음 어딘가 지쳐보이는 김단도 보고 싶었다. 인주의 뒤를 따르는 정임의 심사가 복잡한데 앞장서서 걷는 인주의 발걸음은 가벼웠다.

셋이 브루흐의 바이올린 선율에 파묻혀 있는데 별안간 하늘이 찢어지는 듯한 굉음이 들렸다. 인주가 와락 정임을 껴안았다. 김단이 재빨리 불을 껐다. 연합군의 공습이라고 했다.

김단이 부대로 간다며 가족들과 병원 직원들 모두 방공호로 대피하라고 했다. 정 원장은 벌써 나와서 병원 전체를 소등하고 있었다. 잠옷바람의 설 여사가 오들오들 떨며 인주의 어깨를 붙잡았다.

"모두들 방공호로 가 있어라."

정 원장은 불 꺼진 병원에서 움직이지 않았다. 입원실에 마침 오늘 수술한 환자가 있어 막 회진을 하려던 참인 듯했다. 정임이 같이 남겠다고 했지만 정 원장은 오히려 정임에게 설 여사와 인주를 부탁했다.

"나는 괜찮다. 일제 때도 여러 번 이런 일 있어도 잘 견뎠다."

정임은 설 여사와 인주의 손을 잡고 깜깜한 병원 뜰을 지나 상춘당 계단을 더듬거리며 내려갔다. 폭격 소리는 끊이지 않았다.

설 여사는 발에 돌부리만 부딪쳐도 정임의 어깨를 붙잡으며 끙끙댔다. 인주가 그런 설 여사의 입을 막았다. 정임은 설 여사의 어깨를 단단히 붙잡았다.

계단을 다 내려올 쯤에서 폭격 소리가 잠시 멈추자 설 여사가 속살거렸다.

"호주 비행기가 인민군을 때려 부수러 내려온 거야. 대통령 부인이 호주 여자라 우리나라를 구하러 올 거라고 사람들이 그러더라."

“저건 미군기예요. 저 비행기하고 우리 통치자 부인하고는 아무 관계 없어요.”

아마도 설 여사가 오스트리아를 오스트레일리아로 사람들이 오해한 것 같았다.

정임이 상춘당에 있을 때 단파 라디오로 듣기로는 미군은 이미 칠월 초에 개입했었다. 해방 이후 남쪽에 주둔하던 미군은 이쪽 정부가 수립한 이후 대부분의 병력을 북대서양으로 옮겨갔다. 그 틈을 노려 북의 애송이 통치자가 소련의 탱크를 앞세워 침략했던 것이다.

공습은 예전에도 있었다. 태평양전쟁 때였다. 그때 미군이 공습했었다. 다만 지금은 미군이 아군이지만 그때는 적군이었다. 다시 생각하니 지금 인민 치하에서도 미군은 적군이었다.

비행기에서 나오는 굉음 소리가 얼마쯤 잦아드는 소리가 났지만 언제 또다시 폭격이 있을지 몰라 정임은 두 여자를 옆에 끼고 우물가를 지나 뒤란으로 갔다. 대나무 숲에서 댓잎이 바람을 스치는 소리가 유별나게 크게 들렸다. 그들이 대나무 숲에 이르자 채마밭 뒤쪽 장독대에서 쩡! 하고 굉음 울렸다. 폭격이었다.

“아이고야, 간장독이 폭격 맞았나봐.”

“엄마, 지금 간장이 문제예요? 사람이 죽고 사는데.”

폭격 소리에 그들이 황급히 방공호로 들어가려는데, 설 여사가 우뚝 그 자리에 섰다.

“너희들, 방공호 안에 홍필승이가 있는 거 알지?”

정임은 그제야 설 여사가 그곳을 드나들던 생각이 났다. 그 안에 홍필승이 있어 설 여사가 그 뒤로도 날마다 드나들었을 것이다. 미처 피난 못간 사람일 거라는 짐작은 했었다. 지금도 마루장을 뜯고 그 아래 숨어 있다는 사람도 있고 도시의 서쪽에 있는 산으로 들어가 몸을 피하고 있다는 사람도 있었다.

"경찰서 홍 계장이 피난을 못가서 거기 있어. 홍필승이 거기 있다고 전에 내가 말했잖아. 아빠도 아셔."

홍필승.

그는 식민지시대에 시골서 올라와 병원 심부름을 하던 꼬마둥이였다. 눈빛이 쥐같이 반짝거리고 행동이 민첩해서 정 원장이 곁에 두고 심부름도 시키고 야간에는 공민학교도 보내주었다. 해방 후 이 도시에 처음 개교한 전문대학에 다녔다는데 오랫동안 정임은 볼 수 없어서 잊고 있었다.

"필승이가 여기 있었다고?"

큰소리를 내는 인주의 입을 정임이 입을 틀어막았다.

"아이크, 이렇게 누추한 곳에 숙녀 분들이 오셨네요."

밖에서 울리는 폭음 소리가 들리고 장독이 폭격 맞았는데도 방공호 맨 끝 평상 위에 호롱불을 켜고 있던 홍필승은 자기 집 안방에서 기다리고 있었던 듯 세 여자를 맞았다.

"이쪽으로 와서 앉으세요. 사모님."

평상 위에 널브러진 침구를 정리하면서 깍듯이 설 여사를 모시는 홍필승의 사모님,이라는 호칭이 낯설었다.

"인주 씨랑 정임 씨도 이리 앉으세요."

설 여사를 부르던 마님의 호칭이 언제 바뀌었는지 모른다. 아가씨의 호칭이 인주 씨로 바뀐 것도 처음 알았다. 폭격 소리가 멀리서 간헐적으로 들렸다. 홍필승이 설 여사와 인주에게 자리를 내주고 우뚝 서 있는 정임에게도 아는 체했다.

"오랜만이에요."

정임도 똑바로 그를 보았다 어둠 속에서 본 검고 큰 홍필승의 실루엣이 짐승 같았다.

서울이 수복되고 국군이 평양에 입성했다는 소문이 돌았다. 순식간에 반도를 삼킬 듯 질주하던 인민군은 동남쪽 긴 강 전선에서 오래 공방을 계속하는 것 같았다.

청년위원장 최문식이 정임의 집을 찾는 날이 잦아졌다. 여맹위원회에 다시 나오라는 통지였다. 김단이 자주 병원 숙소를 비우는 걸 알고 찾아오는 듯했다.

혼돈 속에서 보이던 그나마 한 줄기 빛이 가물거렸다.

"너 이거 가지고 있어."

음악실에서 김단을 만나고 온 인주가 차고 있던 시계를 정임에게 내밀었다.

"혹시 모르니까, 김 대위님이 그렇게 하라고 했어. 자기들이 퇴각할 때 더 큰 혼란이 올 수 있다고."

문자판이 반짝거리는 인주의 시계는 정 원장의 대학 입학 선물이었다. 스위스 산 손목시계는 누구나 갖고 싶어했지만 아무나 가질 수 없이 귀했다.

"이게 니 목숨값이 될 수도 있대."

"그럼 너는?"

정임은 국군이 와서 세상이 바로 서면 정 원장과 인주 걱정이 앞섰다.

인민군을 치료해주고 장교 숙소까지 제공한 사실이 부역으로 내몰리지는 않을까? 정임의 속내를 읽기라도 한 듯 인주가 말했다.

"부역이 문제되면 이런 걸로는 어림없어."

13. 손목시계

김단이 부대에서 오지 않는 날이 많아졌다.

인주의 밝았던 표정에 그늘이 지고 걸음이 무거워졌다. 정임은 묵계처럼 김단의 말을 하지 않았다. 전쟁에 대해서도 말하지 않았다. 같이 듣던 단파 방송도 정임은 인주가 없을 때 혼자 들었다. 서울 수복을 알리는 방송도 혼자 들었다. 정 원장이 정임을 불러 병원에 나오지 말고 상춘당에 인주랑 함께 있는 것이 좋겠다고 했다,

단풍이 상춘당 뜰에 이불처럼 내려왔다. 나뭇잎들은 거의 시들어 낙엽이 되어 땅에 수북이 쌓여 있었다. 무심한 계절은 약속도 하지 않고 상춘당 뜰에 또 들이닥친 것이다. 서리 맞은 국화가 뜰에서 오들오들 떨고 있었다.

정 원장에게 인사를 하고 나오는 김단을 인주가 상춘당으로 데려갔다. 검은 비로드 통치마 위에 살구색 뉴똥 저고리를 입은 인주는

애써 웃음을 보이려 했다. 인민군들이 국군들에게 독 안에 든 쥐 신세인데 어디로 가냐고 물을 수도 없었고 가지 말라고 붙잡을 수도 없었다.

김단이 가만히 인주의 손을 잡았다. 떠나야 하는 사람의 손은 따뜻했다.

"인주 씨를 만나서 행복했어요. 많이 생각날 것 같네요. 잊지 못할 거예요. 기다리라는 말도 못하고."

김단이 푸른 달을 올려다보며 이별을 말하고 있었다. 구름을 벗어난 달이 김단을 재촉하는 것 같았다. 인주는 흐르는 눈물을 닦을 생각도 하지 못했다. 김단이 손수건을 꺼내 인주의 뺨에 흐르는 눈물을 닦아주었다. 김단의 손 위에 인주의 뺨이 포개졌다. 그러다가 자연스럽게 서로를 포옹했다. 서로를 깊숙이 안았다. 그리고 인주는 그가 사라질 때까지 그의 뒷모습을 바라보았다. 그가 다시 돌아올 것 같았다. 한번만 다시 그의 품에 안기고 싶었다. 그가 영영 떠났다고 믿고 싶지 않았다. 그가 다시 돌아올 것만 같았다. 여름에 만나 가을이 기울고 있었다. 김단은 겨울을 산골짜기 어디서 견딜까?

"이제부터의 삶은 견디는 거예요."

인주의 마음을 들여다본 듯 김단이 말했다.

"아니요. 극복하셔야 해요. 대위님은 그러실 수 있어요."

김단이 떠난 다음날, 정임은 문식에게 끌려갔다. 그가 정임의 어머니를 대신 끌고 간다는 동생의 급한 전갈을 받고 정임이 집으로 달려갔었다. 문식의 사나운 눈빛이 정임을 보자마자 잡아먹을 듯 노려보았다.

“또 삼세병원으로 숨어보시지 그려? 삼세병원도 인자는 종쳤당게. 원장이라고 무사할 것 같혀? 천만에. 만만에 콩떡이다. 인주도 세상 바뀌면 끝나긴 매한가지여.”

손으로 자기의 목을 탁 치며 이죽거리는 문식의 눈빛은 전보다 더 험악했다. 군이 퇴각할 때 더 위험하다는 말이 떠올랐다. 급하게 동생을 따라나서며 정 원장이나 인주에게 인사도 못했음을 깨닫고 정임은 아프게 입술을 물었다. 어머니가 문식의 옷소매를 붙잡고 사정했지만 문식은 어머니를 군화발로 걷어차버렸다.

“내가 따라갈 테니 어머니는 가만두세요.”

자꾸만 쫓아오려는 어머니를 뒤로 하고 문식은 부근에 있는 소학교 운동장으로 정임을 끌고 갔다. 그곳에는 긴 총을 찬 인민군 네 명이 삼사십 명 남짓 모여 있는 마을 사람들을 세워놓고 감시하고 있었다. 그들의 양어깨에 달린 계급장의 붉은 빛깔이 햇빛 아래서인지 바래 보였다. 낯익은 얼굴도 보였다. 서울에서 대학에 다니는 방앗간집 아들이 아는 체하려다 문식의 얼굴을 보고 고개를 돌렸다. 마룻장 밑에 숨어 있다고 들었는데 막판에 문식이 찾아낸 것 같았다. 경찰서 순경을 하던 김 씨도 보였다. 한동네 살던 소학교 교사도 보였다. 전쟁 동안 문을 닫고 있는 내과병원 사모님도 보였다. 그리고 길자가 보였다. 상춘당에 오기 전 냇가에서 만났던 친구였다.

그 새 다시 집으로 온 것일까? 아니면 우전면까지 인민군의 마수가 뻗친 것일까? 그때부터 비가 내렸다. 그들은 하릴없이 가을비를 고스란히 맞았다. 얇은 옷이 비에 젖어 몸은 은사시나무처럼 떨리는데 추운지도 몰랐다.

길자와 잠시 눈길이 오갔지만 문식이 나서서 사람들을 줄 세우더니 손에 밧줄을 묶었다.

"동무니께 내가 살살 묶어줄껴."

문식이 작은 목소리로 생색냈다. 정임의 손목을 잡고 밧줄을 들이대던 문식의 눈이 커졌다. 정임의 손목시계를 본 것이다.

문식은 학교 정문 쪽을 계속 들락거리더니 인민군에게 귓속말로 무언가를 말했다. 점심 때가 지나고 해 질 무렵이 되어서야 운동장 안으로 트럭이 들어왔다. 두 팔이 묶인 채 그들은 짐짝처럼 트럭 짐칸에 실렸다. 길자도 트럭에 실렸다. 인민군들이 따라 올라왔다. 마지막으로 문식이 올라오려는데 인민군 한 사람이 그를 막았다.

"동무는 보위부에 가서 일 보라우."

문식이 막무가내로 올라타려는 것을 인민군이 발로 걷어찼다. 뒤로 넘어지며 물웅덩이로 엉덩방아를 찧는 문식과 정임의 눈이 마주쳤다. 트럭은 사정없이 출발했다. 문식이 한참을 트럭 뒤를 쫓아오다가 곧 정임의 시야에서 사라졌다. 문식이 그렇게 버림을 받는 것이 고소할 것 같은데 정임의 마음이 오히려 그가 안돼 보였다.

트럭은 인공기와 북의 애송이 통치자의 웃는 사진이 대문짝만하게 걸려 있는 도청 앞을 지나고 정임이네 푸른 대문 집 앞을 지났다. 어머니는 어떻게 하고 계실까?

어머니는 가마솥에 장작불을 지펴 쌀을 안칠 것이다. 밥이 뜸 들고 하얀 김이 오르면 커다란 나무주걱으로 맨 위 밥을 아버지의 밥공기에 퍼담았다. 다음이 오빠 밥, 그리고 정임 밥, 동생 밥… 순서였다. 밥을 다 풀 때는 이미 쌀은 보이지 않고 까만 보리만 보였다. 어머니 밥이었다. 아버지와 오빠가 피난 간 뒤로도 어머니는 따뜻한 밥을 해 두었다. 어쩌면 지금도 아궁이에 불을 지펴 가족들의 밥을 짓고 계실 것이다. 그리고 아랫목에 이불을 덮어놓을 것이다. 언제 돌아올지도 모르는 아버지와 오빠를 위해. 밥은 서서히 식어갈 것이다. 어머니는 오늘도 식은밥을 먹을 것이다. 아니 오늘은 문식에게 끌려간 정임이 걱정되어 식은밥도 못 들고 계실 것이다.

삼세병원은 순식간에 다가왔다. 인주는 지금쯤 정임이 끌려가는 것을 알고 있을까? 정임은 마지막일 것 같은 마음으로 삼세병원 담황색 건물이 보이지 않을 때까지 바라보았다.

트럭은 다리를 건너고 용머리고개를 지나 인가도 없는 시골길로 터덜거리고 달리다가 산길로 들어섰다. 하늘 끝까지 쭉쭉 뻗은 전나무 숲이 우거진 산에 정임은 소학교 때 소풍 왔던 기억이 있었다. 그날 보물찾기를 했었는데 영화 속 이야기처럼 남의 일로 느껴졌다.

터덜터덜 가던 트럭이 산 중턱에서 뚝 멈췄다. 인민군들이 먼저 뛰어내렸다. 그리고 인민군들은 사람들을 트럭에서 내리게 했다. 두 팔이 묶인 사람들이 풀썩풀썩 산길로 짐짝처럼 떨어졌다. 비는 더 세차게 내렸다. 어디선가 말라빠진 누렁이 한 마리가 꼬리를 흔들며 나타났다.

전나무 숲 사이로 세차게 비가 또 내렸다. 정임은 본능적으로 그곳이 죽음터라는 사실을 알았다. 마지막 보는 세상이었다. 아버지와 어머니, 동생들 모습과 인주와 정 원장의 얼굴들이 나무 사이로 스쳤다.

사람들은 공포에 질려 아무말도 못하고 인민군의 고함과 총부리에 끌려다녔다. 길자가 끌려가는 모습이 보였지만 그들은 서로 아는 체도 할 수 없었다. 인민군들은 한 사람씩 전나무 기둥 앞에 세우고 줄로 묶기 시작했다. 밧줄을 들고 다가오는 인민군에게 정임은 은밀하게 손목시계를 보여줬다.

'이 시계가 목숨값이 될 수도 있어.'

인주의 말이 설핏 생각났다. 시계를 보며 눈이 커지던 문식의 눈빛도 떠올랐다. 역시 시계를 보는 인민군의 눈은 더 커졌다. 그리고 주위를 번들거리는 눈빛으로 살폈다. 빠르게 정임의 손목 밧줄을 풀고 시계를 잡아챈 그는 정임을 사람들 중 가장자리로 끌고 갔다. 기둥에 묶는 밧줄이 정임이 느낄 만큼 느슨했다. 누렁이는 부지런히 사람들 사이를 오갔다. 묶여 있는 사람들은 개만도 못했다. 인민군 병사들이 사람들 앞에 나란히 마주섰다. 그리고 총을 겨누었다. 사람들의 비명소리와 총성은 거의 같이 울렸다.

때맞춰 정임은 밧줄을 뚫고 무작정 뛰기 시작했다. 빗길에 정임은 여러 번 미끄러지고 넘어졌다. 다행히 비가 그쳤다. 한참을 뛰다보니 총성은 곧 잦아들었다. 누렁이가 따라오다가 그녀를 앞질렀다. 녀석도 총성에 놀란 것 같았다. 지향 없이 뛰던 정임은 녀석의 뒤를 따라 뛰었다. 뛰다가 숨이 막혀 나무를 붙잡고 숨어 숨을 고르는데 그녀가 타고 온 트럭이 소리를 내지르고 지나갔다. 그런데 트럭은 시내 쪽으로 가지 않고 반대편 산속 깊은 곳으로 들어가고 있었다. 산속의 어둠은 더 빨리 내려왔다.

그 산에 또다시 피가 내를 이룰 줄을 어둠 속을 밤새 달리던 정임은 상상도 하지 못했다.

통금이 풀리는 사이렌 소리를 듣고도 얼마큼을 더 왔을까. 먼동이 트기 시작하자 누렁이는 어디론가 달아났다. 용머리고개를 넘고 다리를 건넜다. 멀리 삼세병원이 보였다.

다음날 아침, 관공서에 매달린 인공기와 북의 애송이 통치자 초상화가 내려졌다. 불과 석 달 만에 세상이 바뀐 것이다. 다시 이쪽 세상이 되자 부역자들 색출이 시작되었다.

인민위원장을 했던 지물포 주인, 그들에게 어쩔 수 없이 협조했을 약방 주인, 학교 교사 등 정임이 아는 사람들도 여럿이 이쪽 군대에 끌려갔다. 최문식도 밤에 자다가 속옷바람으로 끌려갔다고 했다. 전나무 숲이 우거진 큰 산으로 부역자들을 실은 트럭이 수도 없이 갔다고 했다. 그 산에 반동분자로 몰렸던 이쪽 사람들의 피가 마르기도 전에 부역자들의 피가 내를 이루었다고 했다. 그들 역시 이쪽 사람들이었다.

정 원장은 다행히 부역자 명단에서 빠질 수 있었다. 도청 국장인 정임의 아버지와 신문기자였던 정임의 오빠가 나서서 인술에는 남과 북이 있을 수 없다고 군 당국을 설득했다. 설 여사는 방첩대에 복귀한 홍필승 덕이라고 했다.

14. 설해목雪害木

쩡!

어둑새벽이었다. 자다가 벌떡 일어난 인주는 벌떡 일어나 창가로 갔다. 이틀 전부터 내리던 폭설이 어젯밤에 그치고 정원의 나무들이 하얗게 눈꽃을 피워내고 있었다. 상춘당 축대 앞에 서 있는 히말라야시다는 폭설을 힘껏 껴안아 나뭇가지가 뚜우뚝 부러졌다.

인주는 코트를 입고 긴 목도리로 목을 돌돌 말아 걸치고 살며시 집밖으로 나왔다. 품에는 한복 저고리와 핫바지를 안았다. 촘촘하게 실로 누벼놓은 한복은 보기에도 튼실했다. 코끝에 닿는 새벽 공기가 차갑지만 신선했다. 늘 편하게 잠을 자지 못하고 새벽에 눈이 떠지는 인주의 얼굴은 까칠했다. 축 늘어진 나뭇가지는 팔이 부러진 듯 애처로웠다. 하얀 눈이 나뭇가지에 살포시 내려앉을 때는 하늘의 사랑과 순결을 고스란히 받는 듯 행복했으리라. 나무는 넘치는 사랑을 견디기 고단했을까? 그래서 저렇게 팔을 놓아버렸을까?

인주는 장화를 신고 집 밖으로 나왔다. 눈은 장화 끝까지 닿았다. 상춘당 계단까지 걷는데 눈을 헤치고 휘적거리는 느낌이 들었다. 내려가는 돌계단의 눈은 장화발로 조심스럽게 더듬으며 간신히 내려왔다. 상춘당 솟을대문은 오랫동안 닫혀 있었다. 얼음꽃을 피우고 있는 뜰의 나무들도 곳곳에 어깨를 늘어뜨리고 있었다. 그녀는 곧 뜰을 지나쳐 채소밭 쪽으로 갔다. 그 넓은 세상이 하얗게 누워 있었다. 역시 솟을대문의 빗장의 걸쇠가 빠져 있었다. 인주가 기억하기로 그 대문이 열린 것은 두 달 전부터였다.

어느 늦은 밤 병원 옆에 있는 대문이 덜컹거리고 총을 든 인민군 몇이 나타났다. 설 여사가 눈을 동그랗게 뜨고 이불 속으로 기어드는데 정 원장은 차분하게 일어나 곡식을 챙겨들고 나갔다.

정 원장은 그 뒤로 일요일 밤이면 상춘당의 솟을대문 빗장 걸쇠를 열어두었다. 대문 밖 길은 사람들의 왕래가 아예 없었다. 날이 밝기 전에 들러 집사가 놓아둔 곡식을 가져가는 빨치산을 어느 날 인주가 불렀다. 그는 무기를 들지도 않았고 꼭 한 사람이 왔다. 정 원장과의 약속인 듯했다.

"김단 대위님을 아세요?"

여명 속에서 빨치산의 얼굴은 자세히 볼 수는 없었다. 당황한 듯 낮은 목소리가 기어나왔다.

"와요? 나 기런 사람 모르는디요."

인주는 본능적으로 그가 김단과 같이 있다고 느꼈다. 그 뒤로 그에게 인주는 먹을 것을 더 챙겨 보냈다. 차츰 빨치산의 발길이 뜸해졌다. 경찰에서 큰 산의 공비 소탕 소식이 지방 신문에 종종 올라왔다. 겨울이 오기 시작하자 인주는 솜을 두둑이 넣은 한복을 깁기 시작했다. 다 깁고 보니 부피가 너무 큰 것 같아 바늘땀을 촘촘히 넣어 누볐다. 그리고 생각하다 한 벌을 더 지었다.

인주는 대문을 열고 초조하게 기다렸다. 벌써 몇 번째 허탕을 쳤다. 그런데 그날은 전에 왔던 빨치산이 또 왔다. 곡식 보따리를 챙겨 드는 그에게 정임은 옷보따리를 내밀었다.

"이거 김단 대위님에게 전해주세요."

눈이 많이 내렸으나 바람은 불지 않았다. 볼 때마다 별 말 없이 곡식만 챙겨가던 그가 말했다.

"인자 식량 안 챙겨주셔도 됩네다. 신세 마이졌수다. 우리는 지리산으로 갑네다."

"그럼 김 대위님은요?"

"그 동무 내 모린다고 했잖습니까. 모두들 지리산으로 집결한다니 그 동무도 벌써 갔겠디요."

인주는 맥이 탁, 풀렸다. 끝내 김단을 모른다는 빨치산에게 옷을 주며 한 벌은 그가 입고 한 벌은 꼭 김단 대위를 찾아 전해달라고 했다. 그는 땅에 닿을 듯 고개를 숙여 인사를 하고 골목길을 빠져나갔다.

그녀는 김단을 향해 간신히 붙들고 있던 보이지 않던 끈까지 놓

쳐버린 느낌이었다. 오는 길에 우물이 보였다. 우물가에도 눈은 쌓여 있었다. 사방에서 불어오는 바람이 실어온 눈일 것이다. 인주는 우물가로 갔다.

그곳에서 김단을 처음 보았다. 하얀 셔츠에 검은 바지를 입은 키가 훤칠한 청년이 머리를 갸웃거리며 두레박을 보고 도르레를 보다가 마침내 물을 길어올렸다. 그는 두 여자들이 자기를 보고 있는 것도 모르고 대야에 물을 붓고 세수를 하다가 짧은 머리까지 감고 시원스레 비누 향을 뿌리며 물을 털어냈었다.

인주는 우물가로 갔다. 인주는 우물을 들여다보았다. 그 안에 김단의 초췌한 얼굴이 들어 있었다. 인주는 우물에 눈물을 떨구고 돌아서 나오려다 다시 우물로 갔다. 우물 속에서 그가 장교복을 입고 싱긋 웃었다. 울지 말라고 나 여기 있다고. 인주는 우물 속으로 뛰어들고 싶었다. 그가 안아줄 것 같아서.

15. 1953년

향교가 있는 동네에서 사는 정임의 집으로 인주가 찾아왔다. 정임이 결혼해서 신접살림을 차린 집은 전통 한옥은 아니었다. 마루와 안방, 서재가 있는 작은 기와집이었다.

휴전이 되기 전까지 38선 부근에서는 끈질긴 공방이 계속되었지만 1950년 겨울을 넘기자 도시는 서서히 일상을 찾아갔다. 서울을 수복한 미군이 평양까지 점령하고 압록강을 넘었지만 중공군의 개입으로 이듬해 다시 아군이 후퇴하는 바람에 서울은 또 한번 세상이 바뀌었다. 하지만 다행히 이 도시까지는 중공군이 들어오지 못했다. 국군이 들어오자 인민군들은 산속으로 더 깊숙이 숨어들었다.

김단의 소식은 어디서도 들리지 않았다. 인주의 꿈에서도 오지 않았다. 정임의 꿈에도 찾아오지 않았다.

부산에서 피난 생활을 끝내고 피골이 상접해서 정임의 아버지와 오빠가 돌아왔다. 정임의 어머니는 난리통에 비록 상처투성이지만 가족들이 온전히 살아 있음에 감사했다. 정임의 아버지와 오빠는 부산에서 지게를 지어 생활했다고 했다. 정임의 어머니는 아침에 일어나면 하늘에 대고 감사했고 장독대에 가서 절을 했고 아궁이 솥단지 앞에서도 합장했다.

정임은 은행에 복직했다.

이듬해 생의 통과의례 같은 혼인을 했다. 그 시대의 결혼 풍속에 그랬다. 여자는 스무 살이 되기 전에 부모가 짝지어주는 대로 혼인을 해야 했고 전쟁의 와중에서 정임은 이미 노처녀였다.

신랑이 양반집 아들이고 서울에서 대학을 나와 피난차 내려왔던 이 도시에서 신문기자 생활을 하던 정임의 오빠 친구이자 동료인 김윤식이었다. 오빠는 그가 아버지가 바라는 '등 따시고 착한 사람'이라고 했다.

사랑해서 한 결혼은 아니었다. 혼인에 꼭 사랑이 들어가야 된다고 믿지는 않았다. 혼인은 생활이었다. 정임에게 남자로 다가왔던 사람은 김단 한 사람뿐이었다. 그나마 인주 마음을 알고 난 뒤 접었다. 정임의 마음에 스며든 김단은 쉽게 지워지지 않았다.

김단을 떠나보내기 위해서라도 김윤식을 더 가까이했다. 그는 김단처럼 키가 크고 잘 생기지는 않았어도 민완기자답게 눈초리가 매섭고 아버지 말대로 '등 따시고 착한 사람' 같아 보였다.

어느 날 신문에는 널문리板門店 허허벌판에 급조한 천막막사 안에서 책상 위에 올려놓은 재떨이 세 개를 휴전선 삼아 저쪽 통치자와 이쪽 통치자 대신 유엔군 대표가 휴전에 조인하는 사진이 실렸다. 한반도는 정전을 앞두고 강대국들의 대리 전장이 되어버린 것이다. 6·25 이후 1,129일의 전쟁을 휴전한다고 하는데 이 땅의 주인인 국민들은 손 놓고 그저 세상을 지나쳤다. 38선 근처에서 이 년 넘게 피 튀기며 공방전을 벌이던 전쟁은 마침내 휴전협정이라는 애매한 이름으로 마무리되었다. 300만 명의 피가 고인 이 땅의 전쟁의 유산은 얼마큼의 세월이 지나야 치유될지 아무도 몰랐다.

정임이 결혼한 후에는 인주가 정임의 집에 자주 들렀다. 우체국에 가서 대학에 휴학계를 내고 온 인주는 방바닥에 슬며시 누웠다. 짙은 남색 통치마 위에 흰 저고리를 입어서인지 인주의 얼굴이 전보다 더 해쓱해보였다. 정임이 베개를 내주고 부엌에 가서 김이 아직 모락모락 오르는 팥죽을 들고 왔다. 정임은 혼인하자 곧 임신했다. 입덧이 심한 정임을 위해 어머니가 끓여다준 팥죽이었다.

"동지도 아닌데 웬 팥죽?"

"내가 통 음식을 못 먹어서…."

정임이 혼인하자마자 시어머니는 시집 와서 밥값하려면 떡두꺼비 같은 아들부터 낳아야 한다고 재촉했다. 어쩌면 정임에게도 어렸을 적부터 남존여비의 감성은 당연한 일이었을 것이다. 어려운 살림에 오빠는 서울로 유학 가는 게 당연했고 딸인 자기는 여학교를 보내준 것만도 감사했다. 노심초사 정임을 대학에 보내고 싶어했던 어머니 마음을 알기 때문이었다. 인주가 서울의 여자대학에 갔을 때도 '공부는 니가 더 잘했는데, 부모 노릇 제대로 못해 미안하구나' 하며 정임보다 어머니가 더 애석해했다. 정임은 쉽게 체념했다. 그때 사회 분위기가 그랬다. 여자는 여고만 나와도 시집만 잘 가면 되었다.

"내가 별나게 입덧도 한다면서 조금 전에 어머니가 쑤어오셨어."

팥죽과 함께 소반에 담아온 나박김치 국물도 시원했다, 두 여자는 팥죽 한 그릇씩을 순식간에 비우고 서로를 마주 보며 히죽 웃었다.

"정임아, 실은 나도 아이 가졌어."

인주의 말에 정임은 처음에는 장난이지 싶었다. 그러나 친구의 눈에 고이는 눈물을 보며 금세 정색했다.

*

산속에서 빨치산으로 숨어살던 김단이 불쑥 인주 앞에 나타난 것은 산에 잔설이 남아 있고 매화가 발갛게 봉우리를 맺을 무렵이었다.

그가 황망히 떠나는 바람에 이별다운 이별도 못한 채 두 해가 지났다. 아직도 38선 부근에서는 크고 작은 전투가 끊이지 않고 있었다.

인주는 상춘당에서 혼자 지내고 있었다. 칠흑 같은 밤이었다. 자려고 이불을 깔고 누웠다가 벌떡 일어났다. 하늘에 눈썹 같은 그믐달이 떠 있었다. 싸하게 달려드는 찬바람에 인주는 몸을 맡겼다. 밀려오는 바람에 김단의 얼굴이 스쳤다. 그리움이 강물처럼 솟아올랐다. 바람을 가르고 그가 말을 걸어올 것 같고 그가 어딘가에서 그녀를 애타게 찾고 있을 것 같기도 했다. 그가 불쑥 나타날 것 같았다. 시내에서 길을 걷다가 김단과 체격이 비슷한 사람이 있으면 쫓아가보기를 수없이 하고, 그때마다 혼자 쓴웃음 짓고 돌아섰다. 음악실에 가면 그가 불쑥 나타나 브람스나 브루흐를 듣자고 할 것 같았다.

인주의 시선이 머무는 곳, 발길 닿는 곳, 세상 곳곳에 김단이 있었다. 문득 올려다본 하늘의 푸르름 속에도, 무심히 흘러가는 새털구름 속에도 태양을 향해 자라나는 나무의 발끝에서도, 바람에 스치는 나뭇잎에도 일상에 펼쳐진 공간 안에도 상춘당 구석구석 모서리 틈새에도, 이 세상 모든 날 모든 순간에 그가 있었다. 별빛처럼 햇빛처럼 달빛처럼 그가 비칠 것 같았다. 때론 뜨겁게 때론 따듯하게 때론 밝게 때론 은은하게 그가 비춰줄 것만 같았다.

짧은 만남이었고 헤어질 때 다시 못 볼 사람임을 예감했으면서도 김단도 정인주도 사랑을 확인조차 하지 못했다.

정임이 결혼하기 전에는 상춘당에서 김단에 대해 이야기했다. 정임은 은행에 복직한 뒤로도 퇴근하면 상춘당에 자주 들렀다. 그러나 정임이 결혼한 뒤에는 그 위로마저 없어졌다. 그보다 더 힘들었던 것은 설 여사가 인주의 결혼을 독촉하며 신랑감을 들이대고 정 원장은 임시수도에 개학한 대학으로 돌아가라고 재촉했다.

그러나 인주는 그럴수록 김단에 대한 그리움의 끈을 내려놓을 수 없었다.

인주는 그믐달을 동무 삼아 우물로 갔다. 도르레를 말아 두레박으로 물을 길어 물을 마셨다. 그리고 물을 대야에 받았다. 가슴까지 차가워지는 듯했다. 그리고 세수를 했다. 처음 봤을 때 김단이 그랬던 것처럼. 그때 김단을 짧은 머리까지 물을 부어 세수를 하고 머리를 세차게 흔들어 비누 냄새를 풍기며 물을 털어냈었다.

혹시 그가 북으로 갔을까? 아니면 산속에서 계속 토벌대에게 쫓기는 생활을 하고 있을까? 토벌대는 끊임없이 빨치산 소탕작전 소식을 지방 신문에 실었다. 지리산 산골짜기 어디에서 낙엽 아래 천국으로 떠났을까?

세수를 끝내고 인주는 습관적으로 솟을대문 쪽으로 갔다. 조심스럽게 솟을대문을 두드리는 소리가 들렸다. 처음에는 꿈속인가 했고 다음에는 환청인가 했다. 그가 대문 앞에 서 있을 것 같아 문을 열어 본 적도 여러 번 있었다.

세상에! 문을 열자 김단이 거기 서 있었다.

놀랍게도 그는 인주를 보고 여행에서 돌아온 사람처럼 예사롭게, 전혀 낯설지 않게 웃었다. 인주는 와락 그에게 안겼다. 그러고 보니 김단은 그녀가 빨치산에게 전해달라고 주었던 누빈 솜옷을 입고 있었다. 옷은 당연히 때에 절어 있었다. 빰이 홀쭉하게 검고 마른 얼굴은 눈빛만 형형하게 어둠 속에서 빛났다.

마루에 앉아 댓돌 위에 군화를 벗는 김단의 표정이 살짝 일그러졌다. 양말을 벗는데 엄지발톱이 양말에 묻어왔다. 인주는 빠져나온 발톱을 손에 들었다. 빨치산 생활에 지친 그의 몸을 짊어지다가 힘이 들어 끝내 빠져나온 발톱이었다. 인주의 눈물이 한 방울 뚝 떨어졌다. 지리산 피아골 골짜기를 비가 오나 눈이 오나 세찬 바람을 뚫고 다니던 김단의 몸을 지탱해주던 엄지발톱이었다.

아궁이에 가보니 조금 전에 군불을 지핀 가마솥 물이 아직 따뜻했다. 인주는 놋대야에 물을 들고 안방으로 갔다.

그녀는 주저하는 김단의 발을 잡아끌었다. 발과 다리에 상처가 나고 발바닥에는 핏자국도 보였다. 인주는 김단의 발을 오래 씻어주었다. 씻다보니 나중에는 그녀의 눈물이 김단의 발을 씻고 있었다. 그가 그녀의 눈물을 닦아주었다. 인주는 와락 그의 품에 쓰러졌다. 살아 있어 고마운 사람이었다. 그리움에 사무쳐 서럽게 눈물로 지샌 날들이었다. 그녀를 안은 김단의 숨결이 잠시 멈칫했다. 인주는 다시 그를 끌어안았다. 눈앞에 다가올 이별이 두려워 사랑을 하지 않는 것은 숨을 쉬지 않는 것과 같았다. 그를, 그의 몸을 놓치지 않을 것이다. 김단을 향한 그리움은 단 하루만이라도, 단 한 순간 만이라고 그 밤의 끝자락에서 김단의 여자이고 싶었다. 둘은 물처럼 섞이며 흘렀다. 뒷산에서는 댓잎이 서로를 훔치며 서럽게 울고 있었다.

김단은 동부전선 전투가 있는 곳으로 가서 월북을 시도하겠다고 했다, 동부전선 어느 고지로 가서 월북하려다 총알받이가 될지도 모르고 국군의 포로가 될지도 모르는 상황이었지만 김단은 아침이 되자 다시 솟을대문 밖으로 황망히 떠났다. 인주는 다시 또 그를 말리지도 못했다. 때에 절어 반질반질 윤까지 나는 한복을 빨면서 또 울었다.

국군이 들어왔을 때 그가 산으로 떠나던 모습이 떠올랐다. 그때는 서로의 사랑을 확인하지도 못했었다. 서로에게 짐이 될 것 같아서.

김단이 무사히 월북했는지, 아닌지는 몰랐다. 아니면 포로가 되었을 수도 있다. 인주는 김단이 무사히 월북하기를 바라다가도, 포로가 되어 남쪽 어딘가에 살아 있어 돌아올 수 있기를 기도했다. 그러다가 그가 죽을 수 있다고, 동부전선 격전지에서 어디쯤에서 전사했을지도 모른다고 생각하니 앞이 보이지 않았다. 끔찍했다.

인주의 눈물 고인 눈에 곧 웃음으로 번졌다.

"그 사람이 내 안으로 온 거야."

정임은 아무 말 없이 인주를 힘껏 안았다.

"축하해. 인주야."

정임은 자신이 임신했을 때 시댁과 남편, 친정에서 받았던 축하의 말을 인주에게 다 해주고 싶었다. 인주의 눈에서 눈물이 다시 넘쳤다.

"고마워. 이 아기를 축복해주어서. 너에게 제일 먼저 알리는 거야."

정임은 김단의 우수에 찬 깊은 눈망울이 떠올랐다. 처음 우물가에서 그를 본 뒤 그를 그리워한 것도 아닌데 밤에 자려고 누우면 그가 그녀의 마음속으로 들어와 있었다. 처음에는 그게 이성에 대한 설렘인 줄 몰랐다. 그가 병원에서 숙식하고 같이 음악을 듣고 난 뒤로는 혼자 무작정 눈물이 났다. 그가 잘 생겨서도 아니고 유머가 풍부해서도 아니었다. 사랑이 아니어도 되었다. 그럴 수 없었다. 등 돌려 누운 인주 마음에 그가 먼저 자리잡고 있는 줄 알아서였다. 정임은 인주에게 김단의 이야기를 할 수 없었다. 인주 또한 그런 정임을 아는 체하지 못했다. 인주도 온몸으로 김단을 품었으면서도 정임에게 말할 수 없었다. 정임은 속절없이 설레는 마음을 인주에게 들킬까봐, 이 살벌한 세상에서 얼마나 인주가 무서운 사랑을 하는지 감히 일깨워주지도 못했다.

그때 장거리 전화가 걸려왔다. 시어머니였다. 외아들 며느리가 임신했다는 소식을 듣고 기뻐하는 시어머니의 음성이 인주에게도 들렸다.

"아가, 몸조리 잘하고 떡두꺼비 같은 아들 낳아라. 우리 아기 뭐 먹고 싶은 것은 없냐? 거긴 시골이라 서울에 없는 것도 많을 텐데 말만하면 내가 소포로 다 부쳐주마."

정임은 괜찮다고만 말하면서 인주의 눈치를 살폈다. 인주는 얼른 팥죽을 비운 보시기를 들고 부엌으로 갔다. 수화기 너머로 들려오는 정임 시어머니의 음성이 부엌까지 따라왔다. 남편을 만난 지 반 년도 안 되어 임신을 한 정임의 아기는 저렇게 축복을 받고 있는데 김단과

삼 년 넘게 알고 지내 자신의 몸을 빌려온 인주의 아기는 주변 사람들에게 축복은커녕 저주를 받을 것이다.

정임은 자꾸 이야기를 끄는 시어머니에게 시외전화 요금이 많이 나온다는 핑계로 통화를 끝내고 부엌으로 왔다. 뜨거운 물을 끓여 오미자에 부어 차를 우려냈다.

살굿빛 오미자차를 들여다보며 인주가 말했다.

"우선 여기를 떠나야겠지? 부모님이 눈치채시기 전에. 엄마가 알면 두 말도 하지 않고 아기를 지우라고 하실 거야."

인주는 손톱을 입술로 물어뜯고 있었다.

"아기가 뭐 지우개로 지우는 거니?"

정임이 버럭 화를 냈다. 인주가 허탈하게 웃으며 몸을 공처럼 웅크렸다.

"그러니까. 이 아기를 지키려면 여기를 떠나야지. 대학으로 갈 수도 없고, 우리 대학은 결혼한 여자는 못 다니니까. 그래도 복학한다고 하면 부모님이 서울로 보내주시겠지?"

정임은 가만히 인주의 입술을 깨무는 손을 잡아쥐었다. 아무 말도 떠오르지 않았다. 도대체 이 나라 통치자들이 지은 죄값을 인주가 오롯이 온몸으로 받아내야 하는가?

처녀가 아비 없는 자식을 뱄다면 그 집안은 사방에서 손가락질을 할 것이다. 더구나 삼세병원 원장님은 도시에서 존경받는 분이었다. 그의 외동딸이 미혼모가 된다면, 더구나 그 아비가 공산당이라는 사실이 알려진다면 그들은 그 도시에서 버텨내지 못할 것이다.

국민학교 다닐 때였다. 그해 여름 홍수가 크게 나서 시골에 있던 소도 떠내려가고 돼지도 떠내려간 뒤였다. 모처럼 햇살이 해맑게 비치던 날, 정임과 인주는 냇가에 놀러갔었다. 여자들은 빨래터에 모여서 장마 동안 못했던 빨래를 하고 아이들은 수심이 깊지 않은 냇가에서 물장구도 치고 넓은 둔치에서 여인의 치맛자락에도 춤추는 가냘픈 몸매를 한 강아지풀도 보았다. 강아지풀은 가장 낮은 곳에서 바람보다 먼저 머리를 흔들고 아이들의 눈에 뜨여 쏙 뽑혀와 바람에 살랑살랑 고개를 흔들었다. 패랭이꽃도 무더기로 보였다.

별안간 아이들이 다리 밑으로 우르르 뛰어갔다. 그곳은 수심은 깊지만 물살이 세지 않는 곳이었다. 마을 신작로를 만들 때 쓰고 버린 크고 날카로운 돌들이 많아 보통 때는 사람들의 발길이 잘 닿지 않는 곳이었다. 정임과 인주도 뭔지 모르면서 남들이 뛰어가니까 호기심에 덩달아 뛰어갔다. 물 위에 무언가 떠 있었다. 옆에 가보니 희무끄레한 살덩이였다. 덩치가 우람한 한 남자가 뜰채로 살덩이를 건져냈다. 아주 작은 아기였다. 머리가 크고 팔도 다리도 웅크린 아기 몸에서 태가 길게 흘러나왔다. 빨래를 하던 여자들까지 몰려와 아이들의 눈을 가리며 그 광경을 못 보게 했다. 여기저기서 혀 차는 소리가 들렸다.

"아이고!, 처녀가 애를 낳아놓고 챙피혀서 냇강에 버린 거여. 홍수 땜에 물살도 빠르것다, 내다 던지기도 수월혔것지. 필시 저 윗동네 어디서 내려온 게지."

걸쭉한 말투의 남자가 하는 말뜻을 정임과 인주는 나중에야 알았다. 처녀가 아이를 낳으면 그리 큰 죄라는 것을 잘 모르면서도 진저리를 치며, 아기를 벤 '그 처녀'에게 두 아이는 동네 사람들과 함께 마음껏 돌을 던졌다.

김단의 아기를 지켜내기 위해 두 여자는 머리를 짜냈다. 우선 인주가 이 도시를 떠나야 한다는 결론이 났다.

"학기 중이긴 하지만 복학한다고 하면 서울은 갈 수 있어. 아버지가 오래 전부터 복학을 재촉하셨으니까. 기숙사에 가기 싫다고 하면 서울에 집을 얻어주겠지만 틀림없이 엄마가 자주 오시겠지. 아버지도 들르실 테고. 곧 몸이 불을 텐데."

인주의 턱이 바르르 떨렸다. 한 손은 옷고름을 붙잡고 다른 손은 또 손톱을 깨물고 있었다.

정임이 벌떡 일어났다. 결혼 때 받은 금붙이들을 장롱에서 꺼냈다. 결혼 시계도 풀었다. 가지고 있는 얼마 되지 않은 현금도 다 내놓았다.

"그냥 너희 부모님께는 복학해서 기숙사로 간다고 하고 등록금과 기숙사비를 다 챙겨. 이것저것 정리하면 서울 변두리에 셋방 하나는 얻을 거야. 아기 낳을 때까지 그렇게 견뎌봐. 내가 너보다 두 달쯤 후에 아기를 낳을 테니 가서 돌봐줄게."

그러나 정임과 인주의 계획은 다음날 허망하게 무너졌다.

설 여사가 눈치챈 것이다. 복학하겠다는 인주 말에 정 원장이 먼저 흡족해했다. 정 원장은 날마다 상춘당에 틀어박혀 식사 때만 올라오는 인주가 늘 마음에 걸렸었다. 정 원장은 김단을 기다리는 인주의 마음을 모르지 않았다. 그렇다고 아는 체할 수도 없었다.

설 여사는 잇몸까지 드러내며 웃었다. 그리고는 양장점에 가서 옷 맞추러 가자는 말부터 했다.

"너 요즘 입고 다니는 모양새가 그게 뭐니? 여대생이 최신 양장을 해야지. 그동안 안 입던 한복을 입고."

눈을 흘기며 말하는 설 여사의 어깨에서 힘이 솟았다.

"엄마, 나 이 옷이 편하고 맘에 들어. 그리고 지금도 옷이 얼마나 많은데, 저 옷들을 다 언제 입어?"

"유행이 지난 옷이잖아."

"그럼 서울 가서 맞추지 뭐."

양장점에 가서 허리 치수를 재면 금방 들통이 날 것이다.

"그래. 그게 좋겠다. 명동에 내가 다니던 단골도 있고. 오랜만에 나도 서울 멋쟁이들이 입는 최신 유행 옷도 입어보자. 서독 비로드 코트가 그렇게 멋있다는데 우리 둘이 하나씩 해 입자. 나는 보라색 너는 자주색으로."

밤에 잠옷으로 갈아입으려는 데 설 여사가 불쑥 들어왔다. 전에 없던 일이었다. 저고리를 벗고 치마 말기를 벗을 참이었다. 인주의 가슴을 본 설 여사가 경악했다. 인주의 유두가 자주색으로 변해가고 있었다.

설 여사가 소리를 지르자 정 원장이 뛰어와 차마 방안으로 들어오지 못하고 문밖에서 낮은 음성으로 인주를 불렀다.

“인주야, 내 방에서 이야기하자.”

정 원장 앞에 인주는 고개를 숙이고 그러나 또렷한 음성으로 어디든 이 도시가 아닌 곳으로 떠나 아기를 낳아 기르겠다고 말했다.

“아이고, 집안 망했다. 결혼도 안 한 처녀가 공산당 놈의 새끼를 어디서 키우.”

인주의 머리채를 잡고 고함치던 설 여사의 팔을 정 원장이 붙들고 눈을 부릅뜨며 막았다.

“인주는 가서 자고, 내일 이야기하자.”

딸 앞에서 애써 숨기려했어도 정 원장의 말투도 침통했다.

다음날 뜬눈으로 밤을 새워 핏발이 선 눈빛으로 정 원장이 인주를 불렀다. 머리를 뒤로 묶은 인주의 입술이 타고 있었다. 아버지를 바라보는 인주의 눈에는 간절함이 담겨 있었다. 인주는 믿었다. 절대로 아버지가 어머니 말대로 아이를, 한 생명을, 그것도 당신의 손주를 포기하라고 하지는 않을 거라고 인주는 근거도 없이 믿었다.

“네가 잘못한 건 없다. 인주야.”

거실 소파에 허리를 꼿꼿이 펴고 앉아 정 원장이 말을 꺼냈다.

“너희가 시대를 잘못 만났고 이 가혹한 전쟁이 여자들의 삶 따위는 돌아보지 않는 것이 잘못이라면 잘못이지. 전쟁은 살인도 합법화하고 이산가족도 만들고 신체 불구자를 만들기도 한다. 네가 전쟁 나기 전 날 천행으로 서울서 내려와 우리는 이산가족이 안 되었고 인공시대에도 나는 사람을 살려내며 견뎠다. 이만하면 고마운 일이다. 게다가 너는 소중한 생명까지 얻었으니 아버지는 너의 선택을 존중한다. 축하한다. 인주야. 생각해보니 이런 고통을 짊어지게 한 데는 내 책임도 있더구나. 내가 미안하다."

고개를 숙이고 있던 인주의 고개가 더 숙여졌다.

"우선 상리 당숙댁으로 가서 몸을 풀고 난 다음에 내가 너와 아기가 살 방도를 찾아보자. 거기는 아직도 오지여서 당장은 소문날 일도 없고 당숙모가 편안한 분이니 잘 보살펴주실 거야. 또 상리댁이 함께 가면 도움이 될 것이고."

인주를 서울로 데리고 가서 아기를 유산시킨다고 벼르고 있던 설 여사가 펄쩍 뛰었다.

"상리 그 생오지 병원도 없는 곳에서 그 무식한 당숙모에게 인주를 맡기자고요? 해산하다가 잘못되면 우리 딸 죽일 거냐고요?"

정 원장은 상리로 갈 때도 자신이 인주를 데려다주고 해산할 때도 직접 가서 돌볼 거라고 못 박았다.

정 원장이 인주와 함께 떠나기 위해 병원 일을 맡길 사람을 찾고 있을 때 설 여사가 홍필승을 데려왔다.

전쟁 때 상춘당 방공호에 숨어 있다가 수복 후 방첩대로 복귀한 홍필승은 그간 어깨가 더 펴지고 포마드로 멋을 낸 얼굴이 더 훤했다.

그는 정 원장에게 큰절부터 하고 다짜고짜 인주와 혼인을 허락해 달라고 했다. 노골적으로 불쾌해하는 정 원장 앞에 다시 일어나 홍필승은 큰절을 했다.

"제가 인주 씨와 혼인해서 아이의 아버지가 되겠습니다. 원장님이 저에게 베푸신 은혜를 이렇게라도 갚겠습니다."

정 원장이 억장이 무너지는 것 같았지만 입술을 꾹 눌렀다. 인주의 임신 사실을 홍필승이 알고 있다는 사실도 놀랄 일이었다.

"혼인은 은혜 갚으려고 하는 게 아니다."

목소리는 신음에 가까웠다. 홍필승이 김단을 알고 있으리라는 추리는 어렵지 않았다.

설 여사가 들어와 홍필승을 거들었다.

"홍 계장, 우리 인주 과거도 묻지 않고 아이까지 자식으로 받아준다니 정말 고맙네."

설 여사는 들고 온 식혜를 손수 홍필승의 손에 쥐었다.

"지금 무슨 말들을 하고 있는 거야?"

정 원장이 설 여사에게 버럭 역정을 내고 방을 나가버렸다. 설 여사가 홍필승을 다독이며 뭐라고 귓속말을 했다.

상리로 떠나기 전 날 인주가 정 원장과 설 여사 앞에서 홍필승과 혼인하겠다고 했다. 정 원장의 얼굴이 처참하게 일그러졌다.

"혼인이 어린아이들 소꿉장난인 줄 알아?"

16. 아버지의 눈물

며칠 전 홍필승이 인주를 다방에서 만났다. 설 여사의 주선이었다.

홍필승은 사복 차림이었다. 그가 카키색 재킷에 크림색 드레스셔츠를 입고 만면에 웃음을 띠고 있었다.

검은 통치마에 푸른 저고리를 입은 인주의 표정은 굳어 있었다. 설 여사에게 등 떠밀려온 내키지 않은 걸음이었다.

"인주 씨 마음 안다고는 못하겠지만 짐작은 합니다."

홍필승은 갑자기 장미꽃 한 송이를 내밀며 무릎을 꿇었다. 인주는 기겁하며 손을 저었다. 남들 다 보고 있는 다방 안이었다. 마침 퇴근 무렵이어서 다방 안은 손님들이 많았다. 보고 있던 사람들이 환호하며 박수를 쳤다. 인주는 엉겁결에 꽃을 받았다. 거의 홍 계장과 인주의 얼굴을 아는 사람들이 분명했다.

"갑자기 이러시면…."

"시간이 없어서요. 인주 씨 떠나버리면 늦을 것 같아요, 오래 전부터 인주 씨를 혼자서 사모했어요. 이룰 수 없는 사랑이었지요. 인주 씨에게 닿을 수 없어서 슬펐던 것이 아니라 닿고 싶어서 지금도 슬픕니다."

"안 될 일이에요. 제 마음속에 누가 있는지 아시잖아요? 그 사람 아기가 제 뱃속에 있어요. 그 사람이 있는 거에요."

"김단은 돌아올 수 없는 사람입니다. 죽었을지도 모릅니다. 살았어도 돌아오지 못할 사람입니다."

"설사 그렇다 해도 난 어쩔 수 없어요."

필승이 일어나 그녀의 옆자리로 은밀히 왔다.

"그 사람 월북에 성공했다면 빨갱이고 죽었어도 빨갱이입니다. 태어날 아이가 빨갱이 자식이 되면 그 아이 인생이 얼마나 지난하겠어요? 그건 인주 씨도 마찬가지지요."

"나한테 왜 이러세요? 그렇지 않아도 괴로운데, 괴로워서 죽고 싶은데. 아이 때문에 죽지도 못해요."

"청춘이 구만린데 죽다니요? 아버님 생각은 안 하세요?"

"제발 날 좀 내버려두세요. 우리 아버지가 계장님을 어떻게 생각하시는 줄 알잖아요?"

"네, 알지요. 병원 잡심부름 하던 꼬마둥이였지요. 원장님이 거둬주셔서 미꾸라지가 용 됐지요. 그 은혜 갚기 위해서라도 저 인주 씨와 결혼합니다. 결혼합시다. 인주 씨 호강시켜주겠소."

"정 원장님 6·25때 부역한 것도 내가 잘 알아요. 내가 부역자 명단에서 빼드렸어요. 은혜갚으려고."

그는 의자에 버티고 앉았다. 그리고 귓속말로 인주에게 속삭였다.

"부역은 인주 씨도 했지요. 삼세병원 간호원으로. 또 있어요. 서정임. 친구잖아요. 제일 친한 동무까지 잡혀가면 인주 씨 맘이 어쩌겠어요? 나요, 정임 씨가 거만하게 눈을 아래로 내리깔고 노려보면 심장이 다 벌렁거렸어요."

그는 키들거리며 웃었다.

"저의 아버님은 정임이 아버지와 오빠가 부역에서 면해주신 걸로 알고 있어요"

"신문기자 나부랭이가 뭔 힘이 있다고. 인주 씬 좋겠수. 여기저기 빽이 많아서."

"아무튼 인주 씨가 빨갱이놈 자식을 낳으면 정 원장님은 뭐가 되죠? 내가 동네방네 다 불고다니면?"

협박이었다. 끔찍했다. 두려웠다. 무서웠다. 느물거리는 홍필승은 악마였다.

"그러면 말입니다. 그렇게 정 내가 싫으면 이렇게 합시다."

그와 몸을 섞는다고 생각하니 인주는 뱀 한 마리가 온몸을 칭칭 감아오고 있는 것 같았다.

"우리 결혼식은 이 도시가 떠나갈 만큼 성대하게 치르는 겁니다. 삼세병원 꼬마둥이가 어떻게 원장 따님의 마음을 샀는지 이 도시 사람들에게 보여주고 싶소."

"누가 누구와 결혼식을 한다는 건데요?"

"그 대신 말이요."

그는 한참 뜸을 들였다.

"이건 어떻소? 결혼식만 하고 상춘당에서 같이 살지만 한방을 쓰지 않으면. 그대가 아기를 낳고 나를 좋아할 때까지 말이요. 그대는 틀림없이 나를 좋아하게 될 거요. 그때까지 기다려주면 되겠소?"

"아버지가 끝까지 반대하실 걸요?"

"그러면 원장님께 말씀드리세요. 내가 인주 씨 빨갱이 새끼 낳는다고 동네방네 다 떠들고 다닌다고. 그대는 나와 결혼하지 않으면 독 안에 든 쥐요. 내가 정말 그대에게 잘해주겠소. 호강시켜주겠소."

금속성으로 나는 호탕한 웃음은 협박이었다.

"사랑합니다. 내 목숨 다 바쳐 사랑합니다."

그 해가 가기 전 홍필승과 정인주는 결혼식을 올렸다.

인주는 배가 불러서 한복 웨딩드레스를 입고 그 도시의 가장 큰 예식장을 빌렸다. 정 원장 하객보다 홍필승의 하객이 훨씬 많았다. 홍필승은 청첩장을 수도 없이 돌렸고 청첩장을 받은 사람들은 방첩대 사찰계장 눈밖에 벗어날까 싶어 두둑한 축의금 봉투를 들고 왔다.

홍필승은 까만 수트에 파란 보타이를 매고 얼굴을 들고 보무도 당당하게 입장했다.

"홍 계장님 인물이 좋네. 그래서 원장님 딸이 반했나봐."

"신부도 정말 예쁘네. 천사 같아."

여기저기서 수근거리는 소리가 들렸다.

딸의 손목을 잡고 식장에 입장하는 정 원장은 입을 일 자로 앙다물고 있었다. 인주의 눈에서도 하염없는 눈물이 흘렀다. 인주는 아버지의 까칠하고 마른입술을 보는 순간 자기 자신과 절교하고 싶었다. 자신이 지긋지긋했다. 식장에 온 정임을 바라보았다. 혼인하는 인주에게 축하의 웃음 대신 그녀도 눈물을 흘리고 있었다.

홍필승은 상춘당의 주인이 되자 건너방에서 설 여사가 해준 수박색 이불을 덮고 누워 방귀를 뿡뿡 뀌며 키들거리다 잠들곤 했다. 세상을 다 얻은 것처럼.

'빨갱이놈 새끼만 낳기만 해라. 네년 안방에 쳐들어가 합방 안 하고 견디는지.'

설 여사 말이 아니라도 정 원장은 인주가 아기를 낳은 뒤 어떻게 살 것인지 막막했다. 인주를 아기와 함께 일본으로 보낼까도 궁리해봐도 그곳과는 아직 국교도 없었고, 미국으로 아기 딸린 인주를 보내는 묘책이 떠오르지 않았다. 차라리 병원 문을 닫고 다른 곳에 가서 살까 하는 생각도 했다. 거기서 정 원장의 생각은 자연스럽게 멈췄다. 홍필승은 대한민국 어디 건 따라올 것이다. 방첩대 사찰계장 홍필승의 말 한마디면 정 원장과 인주까지 모두 공산당이 되어버릴 것이다.

정임이 아들 동연을 낳은 지 두 달 만에 인주는 딸 해강을 낳았다. 1953년 한해가 기울어져가는 겨울이었다.

17. 상償의 그림자

인주와 정임은 상춘당 마루에 앉아 미풍에 흔들리는 뜰을 바라보고 있었다. 영산홍 자산홍이 마주 보고 서서 한창 어울어져 피어났다. 따스한 햇살에 수피를 불리고 있는 오얏나무들 사이로 자줏빛 목단도 피어나고 꽃다지 민들레 채송화들이 얼굴들을 내밀고 있다. 찔레꽃 위로 나비들이 소근거렸다. 두 여자는 서로의 얼굴을 보며 처녀 적에 그 자리에 앉아 날개마다 꽃술에 앉아 팔랑거리던 나비를 생각했다. 정임은 수밀도 빛 두 볼이 화사했던 인주의 모습이 생각났다. 아스라하다. 그녀가 코를 찡끗거리며 봄꽃처럼 피어나던 웃음을 지금은 볼 수 없었다. 결혼 후 상춘당에서 살며 해강을 낳았지만 인주는 한번도 남편인 홍필승에 대해 말하지 않았다. 정임도 묻지 않았다. 그러다 보니 정임도 남편에 김윤식에 대한 이야기를 할 수 없었다.

홍필승은 인주와 결혼해서 상춘당에 들어앉아 삼세병원의 당당한 사위가 되었다. 병원 심부름하던 꼬마둥이가 허우대 하나 좋아서 주인 딸을 임신시키고 상춘당을 차지했다는 소식은 한동안 이 도시 사람들의 이야기거리가 되었지만, 남 말 사흘이었다. 도시에는 몇 대 안 되는 지프를 타고 시내를 질주하는 홍필승에게 옛날의 그를 말하는 사람도 차츰 줄었다. 그게 아니어도 전쟁은 이 나라 계급사회를 뒤집어놓았다.

학교에서 돌아오는 두 아이들의 해맑은 웃음소리에 두 여자가 동시에 바라보았다. 동연이 날아다니는 나비 날개를 조심스럽고 은밀하게 잡아 해강의 두 손가락 사이로 쥐어주었다. 까르르 웃는 해강의 웃음이 통통 튀었다. 두 여자들은 아이의 웃음소리처럼 듣기에 흐뭇하고 아름다운 소리는 세상에 없다고 느꼈다. 동연이 잠시 찔레꽃 위에서 다리쉼을 하는 나비 한 마리를 잡아 조심스럽게 해강의 손에 쥐어주었다. 발을 동동거리고 나비 모습을 보던 해강이 웃으며 나비의 날개를 떨리는 손으로 찔레꽃 위에 놓아주었다. 잠시 꽃술에 앉아 있던 나비는 다시 팔랑거리며 날아갔다.

"해강이가 반공 포스터 그리기 대회에서 1등 상을 받았어요."

동연이 자랑스럽게 말하더니 해강의 가방에서 상장을 펴들었다.

"아침 조회 때 전교생 앞에서 1학년 꼬맹이가 교장 선생님께 상을 받았다고요."

해강은 얼굴이 살굿빛으로 발그레해진 입꼬리를 올리고 배시시 웃으며 포스터를 내놓았다. 붉은 옷을 입은 간첩의 팔에 푸른 옷을 입은 우리 경찰이 쇠고랑을 채우고 있는 그림 위에 '쳐부수자 오랑캐'라는 붉은 구호가 선명했다.

"엄마, 북한 사람들은 머리에 뿔난 도깨비들 같아."

인주가 말없이 손톱을 깨물고 있을 때 정임은 해강의 어깨를 쓰다듬으며 칭찬을 해주었다.

"해강이는 좋겠네. 전교생들 앞에서 1학년 어린이가 교장 선생님한테 상도 받고."

"남과 북, 공히 패전국이 된 이 빌어먹을 이 나라."

정임이 인주에게 작은 소리로 말했다.

해가 갈수록 멸공, 반공의 함성이 높아갔고 분단은 갈수록 고착화되었다.

18. 솟을대문

솟을대문으로 김단이 왔다. 3년 전 일이었다. 이 땅에 혁명이 일어나고 곧 과도정부가 들어섰다.

그날 낮에 인주는 혼자 상춘당에 먼 산의 구름을 보고 앉아 있었다. 구름 속에서 김단의 모습이 아른거렸다. 낮잠이 들기 전에 잠깐 잠깐 꾸는 꿈에도 김단의 모습이 보였다. 미치 영화의 스틸 사진처럼.

홍필승은 출근했고 해강은 학교에서 돌아오지 않았다. 솟을대문을 조심스럽게 두드리는 소리에 인주가 달려갔다. 그곳을 드나드는 사람은 없었다. 정임도 그 문을 드나든 지 오래였다. 인주는 대문의 빗장을 열었다.

거기 거짓말처럼 김단이 웃고 서 있었다. 모습은 전같이 깊은 눈망울에 오뚝한 코, 그 아래 웃는 입술이 귀에 걸려 있었다.

"아! 살아계셨네요."

감색 정장에 푸른 드레스셔츠 차림의 그는 군복을 입었을 때와 또 다른 신선함이 있었다.

"언제 오신 거예요? 설마 북에서 오신 건 아니죠?"

"북에서 왔소. 내일 북으로 다시 돌아가야 하오."

인주는 김단을 사랑채로 데려갔다. 홍필승이 드문 일이지만 서류 같은 것을 찾으러 올지도 모르기 때문이다.

사랑채 방안으로 들어와서도 김단은 인주를 안지 않았다. 놀랍게도 김단은 인주가 홍필승과 결혼한 사실을 알고 있었다. 북에서 그는 군에서 제대하고 정보처에서 일하는 것 같았으나, 인주는 묻지 않았다.

"인주 씨나 나나 둘이 위험할지 알고 있지만 단 한번만이라도, 오직 한번만 마지막으로 꼭 한번만 인주 씨가 보고 싶어 왔어요."

"그동안 우리 딸이 태어났어요."

"아! 몹쓸 제가 몹쓸 아버지네요. 인주 씨가 고생 많이 했겠네요. 이름이."

"해강, 홍해강이에요. 우리 딸에게 호적상 아버지가 필요했어요."

"잘했소. 나는 인주 씨를 영원히 잊지 않을 거요. 인주 씨는 지금 이 순간부터 나를 잊어야 해요."

김단은 처음으로 눈물을 보였다. 그동안 살아왔던 생의 행간에 대해 김단도 인주도 서로 묻지 않았다. 서로 수없이 머리앓이한 사연도 털어놓지 않았다.

마침 해강이 학교에서 돌아왔다.

"인사드려. 엄마 친구."

국민학교 3학년인 해강은 귀엽게 웃었다.

"언제 엄마한테 남자 친구 분이 있었어요?"

"응, 네가 태어나기 전부터 알던 친구야. 지금 서울에 사셔서 잘 못 보았지."

"근데 아저씨 우신 것 같아요."

"오랜만에 만나면 반가워서 울 수도 있어."

"에게, 아저씨는 남잔데. 여자인 엄마도 안 우는데."

"아저씨는 해강이가 너무 예쁘고 반가워서 눈물이 나네. 하, 하, 하."

"그런 게 어디 있어요?"

"아저씨가 우리 해강이 한번 안아봐도 될까?"

해강은 싱끗 웃으며 수줍게 김단의 품에 안겼다.

"그런데 아저씨는 곧 가야 해. 서울 가는 기차 시간이 다 되어서. 우리 해강이 처음 만났는데 이렇게 금방 헤어져서 섭섭하네. 아저씨 곧 다시 올게."

"안녕히 가세요."

해거름에 김단은 떠났다. 서해 앞 바다에서 배를 타고 북으로 간다고 했다.

2년 후 정 원장이 잡혀갔다.

군사정부에 정보부가 생기고 2년 전 일까지 발각난 것이다. 김단이 정 원장을 만났다는 것이다. 다행히 정인주는 잡혀가지 않았다. 인주는 아버지를 면회하지 못했다.

다음날 인주는 변호사를 만나고 정임과 동연이 함께 사진관에 가자고 했다. 정임은 이 판국에 무슨 사진을 찍냐고 하려다 그만두었다. 사진 찍자고 하는 인주 표정이 너무 절실해보였기 때문이다.

인주는 정임과 함께 찍고 동연과 셋이 찍었다. 그리고 마지막으로 독사진을 찍었다.

그 사진이 불과 며칠 후에 영정 사진으로 쓰일 줄 정임은 차마 짐작조차 못했다.

다음날 인주와 정임이 상리로 출발하려는데 방첩대가 들이닥쳤다. 그날 결국 정임은 혼자 상리로 가 해강을 만났다.

19. 님

새벽에 울리는 전화벨 소리는 불온했다. 작은 도시에 전화가 있는 집은 많지 않았다. 더구나 삼세병원의 송 집사가 정임에게 전화하는 일은 처음 일이었다. 순간 검은 새 한 마리가 쓰윽 지나가는 환상에 정임은 온몸의 소름을 털어내며 집사에게 인사도 하기 전에 무슨 일이세요? 하고 다급하게 물었다. 전화기를 통해 들리는 중년 남자의 목소리가 침통했다.

"해강 엄마가…."

집사는 말을 쉽게 잇지 못했다.

"해강 엄마가 갔어."

정임은 한참을 그의 말뜻을 이해하지 못했다. 가다니? 어디를? 믿고 싶지 않았을 것이다. 정임이 어렸을 때부터 보아온 집사는 행동거지가 진중해서 좀처럼 감정 표현을 하지 않는데 그날은 황망하고 침통한 음성이었다. 정임은 심장이 멎을 듯한데 뭐라고요? 하고 마른 음성으로 외치고 외쳤다.

정임의 집 마루 유리창 너머 보이는 뜰을 바라보며 두 여자는 커피를 마셨다. 하늘은 파도가 쉬고 있는 바다처럼 파랐다. 뜰의 나무들은 다가올 겨울을 견디기 위해 가지마다 걸치고 있던 잎들을 거의 다 내려놓고 있었다. 마당 끝에 서 있는 감나무에 매달린 홍시 하나가 나뭇가지 끝을 안타깝게 붙잡고 있다.

"까치밥이네."

인주가 말했다.

뜰 앞에는 서리 맞은 노란 국화가 화분에 담겨 있었다.

"나뭇잎은 겨울을 보내고 나면 봄에 새순을 띄우고 무성한 여름을 맞으며 나무 둥지는 더 살을 보태서 수피는 단단해지는데 사람은 왜 그게 안 될까? 겨울잠을 자고 일어나기도 하는 동물들도 있다는데."

인주는 말하면서도 굳이 대답을 원하는 것 같지는 않았다. 정임은 턱을 무릎에 고이고 말하는 인주를 물끄러미 바라보기만 했다.

그런데 느닷없이 인주의 음성이 빨라졌다.

"홍 계장 고향에서 본처가 있다는 거 내가 얘기 안 했지?"

말 같지 않아 정임은 피식 웃었다. 인주는 남편 홍필승을 꼭 홍 계장이라 불렀다. 적당한 호칭이 없을 수도 있다. 홍필승과 결혼해서 살고 있지만 인주는 그를 여보, 라든지 해강아빠라고 부르지 않았다.

"전쟁 전에 홍 계장이 고향에서 결혼을 했었다네."

인주가 옆집 여자 남편 이야기하듯 해서 정임은 입을 다물지 못하고 인주를 바라만 보았다

"사실은 해강을 낳고 삼 년 전인가, 더 전일 수도 있고. 홍 계장 고향에서 홍 계장을 찾아온 여자가 있었어. 처음에는 홍 계장 친척인 줄 알았지. 그런데 뜻밖에 자기가 홍 계장 안사람이라고 하는 거야. 시골서 논 매다온 여자처럼 검은 얼굴이어도 눈빛은 순하고 내 앞에서 오히려 미안해하며 말을 더듬었어. 내가 오히려 그 여자 손을 꼭 잡아주었지."

정임은 입을 다물 수 없었다. 이야기 가닥을 잡을 수는 있었다. 고향에서 조혼을 한 남자가 도시로 나와 중혼을 한 예가 종종 있었다. 그러나 홍필승에게 향처가 있다는 사실은 상상도 못했다.

병원에서 심부름하던 홍필승이 해방과 동시에 전문대학을 가면서 삼세병원을 떠났다가 경찰이 되어 돌아왔었는데 그 사이에 고향에서 결혼을 한 것일까? 그런데 그 사실을 인주는 왜 새삼스럽게 이제야 말하는 걸가? 인주는 정임을 바라보며 담담하게 웃었다. 그 웃음 안에서 정임은 하릴없이 시름을 보았다. 크지는 않아도 검고 맑은 눈동자다. 정임이 말을 꺼내려 하는데 인주가 얼른 자른다.

"어제 꿩 사냥을 갔다온 홍계장이 내 앞에 꿩 두 마리를 휙, 던졌어. 붉은 깃털에 목이 더 빨갛게 타오는 붉은 빛깔의 옷을 입은 장끼와

그 옆에 수수한 빛깔의 까투리가 마루에 널브러져 있었어. 아마도 죽은 꿩들은 부부였을 거야. 보통 사냥을 하면 안채 부엌으로 운전수가 가져다놓는데 그날은 왜 홍 계장이 상춘당까지 직접 꿩을 끌고 와 내 앞에 던졌는지, 의아했지만 나는 묻지 않았어. 두 마리 잡았다고 자랑하려고 홍 계장이 어머니에게 주러갔다가 안 계셔서 들고 내려왔을 수도 있고."

홍 계장이 꿩 사냥을 가는 곳에 인주를 데려간 적이 있었다. 시내에서 멀지 않은 산길을 지프차로 달렸다. 자갈이 깔린 도로에 차가 덜컹거렸다. 그는 차에서 내리지 않고 앉아서 사냥총만 붙들고 있었다. 한참을 달려도 그는 차를 세우지 않고 차는 느리게 달렸다. 푸드득, 마침내 나뭇잎 사이로 날아가는 꿩 한 마리가 보였다. 홍필승은 재빨리 차를 멈추게 하고 차창 밖으로 총구를 내밀었다. 하늘은 노을이 내려와 붉게 물들었다. 꿩은 사람이 가면 멀리 도망가지만 차가 옆에 가면 위험을 감지하지 못한다. 홍필승은 땅에 내려온 꿩을 향해 방아쇠를 당겼다. 꿩은 날개를 푸드덕거리지도 못하고 쓰러졌다. 그의 얼굴에 통쾌한 웃음이 번졌다. 운전수가 재빠르게 뛰어가 꿩을 들고 왔다. 그는 땅에 발을 한 발짝 내딛는 수고도 없이 꿩 사냥을 차 안에 앉아서 했다.

그날 밤 설 여사는 꿩 전골을 맛있게 끓여냈다. 인주는 다시는 사냥에 따라가지 않았다. 요리에 취미가 많은 설 여사는 홍 계장이 잡아온 꿩으로 회도 떠주고 만두도 빚었다. 정임도 만두를 얻어먹은 적이 있었다.

"너무 늦었어. 어머니 기다리시겠다."

국화 옆을 지나던 인주는 정임에게 카메라 필름이 있느냐고 물었다. 전에 찍고 몇 장이 남아서 정임이 카메라를 내왔다. 또 사진을, 정임은 물으려다 말고 묵묵히 카메라를 내주었다.

국화를 가운데 두고 양옆에 정임과 동연을 세우고 사진을 찍었다. 그리고 정임과 인주가 국화 옆에서 서 있는 모습은 동연이 서툴게 카메라를 들었다.

그 사이에 서쪽 하늘에는 노을이 내려와 있었다. 인주는 대문 밖을 나서며 핏빛으로 번져가는 노을 속으로 사라졌다.

스님의 목탁 소리는 영혼을 두드렸다. 정임은 인주의 영정 사진 앞에서 실감이 나지 않았다. 불과 며칠 전에 사진관에 가서 찍은 사진이었다. 잔잔히 미소 짓고 있었지만 쓸쓸한 웃음이었다. 스님의 염불이 계속될 때도 정임은 무릎이 닳도록 절만 했다. 밖에서 세찬 바람이 풀어오는지 풍경 소리가 들려왔다. 그 소리는 바람이 묻혀온 인주의 통곡 소리로 들렸다. 설 여사는 장례식 내내 넋이 빠질 듯 울더니 거의 실신 지경이 되어 가정부가 데리고 갔다. 정 원장은 구치소에 있어서 인주의 죽음을 알지 못했다.

홍필승은 지장전 밖에서 서서 담배만 연신 피워대며 풍경 소리만 듣고 있었다. 그는 조문객들도 받지 않았다.

의식이 끝나고 나오는 정임을 홍필승이 불렀다. 정임은 그를 보고 싶지 않아 뒷산으로 올라갔다. 하필 단풍은 흐드러지게 피어올랐다. 마지막 단풍일 것이다. 홍필승이 그녀를 따라왔다. 정임은 할 수 없이 의자에 앉았고 그가 멀찍이 앉아 또 담배를 피우고 있었다.

"인주 그렇게 보내서 후련하세요?"

억지인 줄 알면서도 정임이 말했다.

"…."

"그래요. 제 잘못도 있어요. 전쟁 때 방공호에서, 저 다 봤어요. 미군 폭격이 있던 날 계장님이 그 방공호 안에 있었죠. 그때부터 오늘의 이 불행이 잉태된 거지요."

정임은 쏟아지는 눈물을 닦으려 하지도 않았다.

"다 제 탓이에요. 내가 왜 모른 체했을까요? 인주가 계장님과 결혼한다고 했을 때도 저는 알고 있었어요. 인주 뱃속에 김단 대위님의 아기가 있다는 것을. 계장님도 알고 있을 거고요."

"씨팔, 내가 죽일 놈이요. 정임 씨가 아는 줄 모르겠지만 인주 씨가 아이 낳고, 인주 씨가 원하면 합방을 하기로 했소. 나는 건넌방에서 지냈는데, 아이를 낳고 얼마 후 합방을 하려면 김단 그 개새끼 얼굴이 떠오르는 거요. 아, 그 새끼 정말 악마 같았소."

"김 대위님을 언제 보셨는데요?"

"그 새끼 떠나던 날이요. 방공호에 숨어 있다가 답답하면 상춘당에 자주 나갔었소. 물론 정임 씨가 상춘당에 있을 때도 답답하면 나가서 체조를 하고 들어갔어요. 하필 그날 인주 씨가 김단, 그 새끼를 배웅하고 있었소. 푸른 달밤이었소. 그래서 내가 김단 그 새끼 얼굴을 똑똑히 볼 수 있었소. 전에도 상춘당에서 두어 번 얼굴을 본 적 있소. 배웅하던 날, 둘이서 울고불고하더니 둘이서 포옹을 합디다. 그 새끼가 내 쪽을 보고 인주 씨는 등을 보이고 그 새끼 품에 안겨 있었죠. 그때만 해도 인주를 감히 넘볼 수 없는 처지라 그런가보다 했어요."

"그런데 어쩌다 인주를 탐했는데요.?"

"그래요. 내가 죽일 놈이죠. 근데 설 여사님이 그 빨갱이놈의 애새끼들 배고 있는 인주 씨랑 결혼을 하라고 하대요. 첨에는 나도 놀랐죠. 그리고 한편 생각하니 이게 웬 떡이냐 싶었어요. 인주 씨 정말 많이 좋아했거든요."

"말이 돼요?"

"그래서 인주 씨에게 청혼을 할 때 인주 씨가 원할 때까지 합방을 안 하겠다고 약속을 했어요."

"…. 지금 계장님하고 말 섞고 싶은 맘 아니에요."

정임은 거의 탈진해서 자리에서 일어났다.

"제발, 오늘만, 오늘만 제 말 들어주시요."

홍필승을 또 그렇게 정임을 잡았다. 정임은 슬며시 벤치 끝에 앉았다.

“그리고 또 두 해쯤 지났는데 고향에서 초혼한 아내가 인주 씨에게 온 거요.”

“정말 인주 말대로 고향에서 혼인을 했던 거네요? 그런데도 또다시 인주와 혼인할 생각을 했어요?”

“전문대학 졸업하고 고향에 가니 부모님이 정혼한 여자가 기다리고 있었소. 안 할 수 없었소.”

“인주 씨가 그 여자하고 같이 살라고 하며 나를 거부했소. 그래서 나는 또 합방을 하지 못했지요.”

“우리는 악연이요. 인주 씨 그리고 나.”

“계장님 한 사람으로 인해 모두가 불행해졌는데요? 인주와 결혼은 안 했어야죠. 했으면 저리 죽게 하지….”

정임은 다시 울음에 목이 메었다.

“인주 씨와 왜 결혼했는지 알아요? 물론 인주 씨가 좋았어요. 그보다 설 여사님이 해강의 아버지가 필요하다고 했어요. 따져보면 나도 장모님에게 팔려간 거라고요. 사실 장모님이 나한테 얼마나 잘해주었는지, 정임 씨도 알고 있잖아요. 내가 뭐라고, 인공 치하 거의 석 달을 손수 날마다 밥 챙겨 날라주었지요. 내가 행여 인민군에게 발각날까봐 상리댁 몰래, 정임 씨도 몰래 밥을 날라주었어요. 내가 그 은혜를 어떻게 잊어요? 잊으면 인간이 아니지요.”

잠시 숨을 돌린 후 홍필승이 다시 말을 이었다.

“씨팔, 인주 씨와 합방을 하려고 하면 김단 그 새끼 얼굴이 떠오르는 거예요. 게다가 해강이 얼굴이 그 새끼 얼굴을 빼다박은 듯 똑같은 거예요."

정임도 그 말에는 동의했다. 정말 해강의 모습은 김단과 똑같았다.

"그래서 해강이를 한번도 안아준 적도 없고 예뻐해줄 수도 없었어요. 해강이를 보면 김단을 보는 것 같아서 그 애를 남 보듯 했어요. 그 애 죄도 아닌데, 미안하죠. 내가 그 아이 동심에 멍이 들게 한 거죠. 사실은 이번 사건은 정 원장님이 맹장염에 걸린 간첩을 수술하고도 방첩대에 신고하지 않은 것으로 내가 처리했어요. 그런데 원장님이 체포되자마자 인주 씨가 김단을 만난 게 발각난 줄 알고 해강이를 상리로 보내고 이렇게 가버린 거요. 해강이가 빨갱이 자식으로 발각날 것이 무서워서요. 인주 씨 딴에는 해강이를 지키려고 이런 짓을 했겠지요. 인주 씨가 가만히 있었으면 원장님이 간첩을 치료해준 걸로 처리하면 한 2년 감방 살고 나오실 건데. 인주 씨 내가 죽인 거 아니에요. 아니, 김단 그 새끼가 죽인 거요. 남파 간첩이면 곱게 간첩질이나 하고 갈 것이지 뭐하러 인주 씨는 만나가지고, 사랑? 사랑이 아니고 사살이요? 히히히히."

정임은 인주의 마음을 헤아려보았다. 그녀가 열한 살, 아버지도 못 보는 딸을 두고 스스로 죽음에 투항한 이유가 김단에 대한 그리움인지 해강을 지켜주고 싶어서인지.

정임은 다음날 편지 한 장을 받았다.

그녀는 낯익은 필체에 놀라 얼른 편지 뒤 발신인을 보았다. 인주가 천국에서 보낸 편지일까? 겉봉을 조심스럽게 뜯는 정임의 손이 파르르 떨렸다. 뜯으면서 인주가 마지막 가면서 보낸 유서라는 짐작이 갔다. 접힌 편지지를 펴기도 전에 사진 한 장이 보였다. 아, 정임은 낮은 탄성을 질렀다.

거기에 한 남자가 있었다. 마로니에 가로수를 배경 웃고 서 있는 남자는 분명 김단이었다. 곱슬하게 내려온 앞머리, 숱이 풍성해서 늘 짧은 머리였던 김단을 얼른 알아보지 못했다. 자세히 들여다보니 짙은 눈썹, 그의 눈썹에 매달려 누에처럼 긴 잠을 자고 싶던 그 눈썹이 웃고 있었다. 그 아래 꿈꾸는 듯한 눈망울, 살짝 미소 띤 멋진 남자, 정임도 볼 때마다 마음 설레었던 그 남자, 김단이었다. 사진 분위기가 낯익다 싶어 생각하니, 해방 전 김단이 서울에서 대학 다닐 때 찍은 사진 같았다. 동숭동 마로니에 나무 아래서 찍은 모습이었다. 그러고 보니 김단과 정인주 둘은 같이 찍은 사진 한 장 없었다. 김단의 사진 뒷면에 만년필로 쓴 시 한 수가 보였다.

내ㅅ 사 애달픈 꿈꾸는 사람
내ㅅ 사 어리석은 꿈꾸는 사람
밤마다 홀로
눈물로 가는 바위가 있기로
기인 한밤을

눈물로 가는 바위가 있기로
어느 날에사
어둡고 아득한 바위에
절로 님과 하늘이 비치리오

— 박목월의 시 「님」

편지 내용은 너무 간단했다.

'정임아, 미안해. 나 이제 좀 쉬고 싶어!'

정임은 눈물은 흐르는데 닦을 생각도 못하고 인주에게 욕이라도 해주고 싶었다. 전 생애를 같이 보낸 친구에게 떠나면서 남기고 싶은 것이 달랑 사진 한 장인가? 자기 말대로 미안해서 하고 싶은 말을 꺼내지 못했을까?

사진 한 장의 무게가 바위처럼 무겁게 다가왔다

'인주야, 잘가 이제 천국에서 편히 쉬어.'

정임의 가슴에서 오열이 끓어올랐다.

20. 슬픔 없는 이별

서둘러 내려온 봄꽃들이 앞서거니 뒤서거니 다투어 피고 있는 광경을 해강은 무심히 바라보았다. 진달래와 목련 개나리들이 폭죽처럼 한꺼번에 피어나와 저승으로 떠나는 사람들을 배웅하는 것 같다.

새벽에 발인하고 화장 시간을 예약하고 화장장으로 왔는데도 좀처럼 홍필승의 차례가 오지 않아 유족들은 대기실에서 기다려야 했다. 소형 장의차를 탄 유족은 몇 명 되지 않았다. 홍필승의 먼 친척 세 명과 상리 당숙의 두 아들과 손자, 그리고 병원 직원들이 왔을 뿐이다. 홍필승의 영정은 상리 당숙의 손자가 들었다.

해강은 동연의 차에 탔다.

"아버지는 왜 나를 사랑하지 못했을까? 그래도 내가 당신에게 하나밖에 없는 딸인데, 나를 남보듯 했어. 국민학교 다닐 때였을 거야. 아버지가 재가하기도 전 상춘당에서 살 때였어. 학교에서 돌아오는 길에 중앙동에서 마주쳤어. 내 딴에는 아버지가 반가워 그쪽으로 뛰어갔는데, 아버지는 나를 보고 당황한 표정이었어. 그는 뭘 잘못한 사람처럼 주변을 둘러보더니 빨리 집으로 가라고 작은 목소리로 말했어. 왜 그렇게 내게 냉정하셨을까?"

"아저씨는 너무 젊은 날에 낳은 딸을 사랑하는 법을 몰랐을 수도 있어. 할아버지가 너를 키우셨기 때문에 기른 정이 적을 수도 있고. 가족 간의 사랑도 상대적이어서 사랑받지 못하면 줄 수도 없었을 거야. 너도 아저씨에게 사랑을 주지 못했을 거야."

동연은 처음으로 홍필승을 아저씨라고 호칭했다. 어렸을 때 젊은 홍 계장을 여러 번 본 기억은 있어도 그를 한번도 제대로 불러본 적도 없고 그와 말을 섞어본 적도 없었다. 동연의 기억 속에는 얼굴이 크고 키가 크고 경찰복을 입은 그는 사람들을 내려다보는 눈초리가 무서운 사람이었다.

동연의 눈을 따라 홍필승의 영정을 보는 해강이 혼잣말처럼 중얼거린다.

"가시기 전에 아버지에게 내가 꼭 듣고 싶었어. 왜 내게 그토록 무심했는지."

동연은 양복 안 포켓에 들어 있는 김단의 사진 무게가 지긋이 동연의 마음을 눌렀다.

마침내 홍필승의 차례가 왔다. 그를 안치한 관이 화구로 가는 컨베

이어벨트에 놓여 지고 서서히 벨트가 움직이며 관이 안으로 들어갔다. 동연과 해강은 가벼운 목례로 고인을 보냈다. 아무도 눈물 흘리는 사람이 없었다.

쓸쓸한 이별이었다.

구십을 살았어도 고인을 진심으로 애도하는 사람은 없었다. 유족들은 식당으로 갔다. 병원 직원이 조문객들을 위해 갈비탕을 주문했다. 홍필승의 육신이 타고 있는 동안 살아 있는 유족들은 갈비탕을 먹었다. 해강은 젓가락만 깨작거렸다. 두 시간쯤 지나 소각로에 불이 켜지자 유리창 너머로 육신의 살을 태우고 남은 뼈가 보였다. 다리뼈가 유독 커보였다. 병원 직원이 분골을 부탁하자 다시 뼈는 안쪽으로 들어갔고 한참 후에 골분이 되어 나왔다. 골분을 해서 가루로 나오니 고작 몇 줌 되지 않았다. 홍필승. 그 거대한 체구와 지난했던 그의 삶이 그저 한 줌 골분이었다. 안에서 유리 구멍으로 도시락 크기만 한 종이함을 내밀었다. 도자기 함에 골분을 넣고 유족들은 다시 장의차를 타고 납골당으로 갔다.

해 바른 공원묘원에 있는 납골묘 안에 홍필승의 분골을 안치했다. 추모공원의 장례지도사가 나와 고인을 위한 묵념을 지시했다. 해강은 절을 하고 잠시 울컥했다. 아무리 그래도 죽은 자의 생명은 산 자의 마음속에 계속 남아 있다. 그리고 다음 순간 산 자는 홀가분함을 느끼고 자신도 모르게 살아 있음에 감사했다.

21. 숨어 있는 생

공원묘원에서 오는 길에 동연은 조심스럽게 인주이모를 보러가자고 했다.

어머니와 한국에 오면서부터 벼르던 일이었다. 마침 정 원장 가족묘는 공원묘원에서 멀지 않았다. 동연은 해강이 홍필승을 가족묘에 모시지 않은 이유를 물으려다 얼른 생각을 접었다.

인주이모의 묘는 동연도 어릴 적 여러 번 가보았다. 어머니를 따라 해강과 함께 갔던 낮은 언덕에 양지 바르고 멀리 저수지가 보이는 꽤 넓은 곳이었는데 기억보다 아담한 곳이었다. 저수지가 보이던 곳도 무성하게 가지를 키운 나뭇잎에 가려서 보이지 않았다.

어릴 때 산소는 동연의 작은 키로 보아서 시야가 좁아서였을까? 국민학교 6학년 때 헤어졌어도 인주이모의 모습을 동연은 또렷하게 기억한다. 인주이모를 생각하면 그녀의 긴 목과 정답게 내밀던 하얀 손이 떠올랐다. 동연의 어깨를 안아주고 등을 토닥여주고 손, 사과를 깎아주던 손, 두 팔을 벌리며 안아주던 손. 가방을 매주던 손, 점퍼를 입혀주던 손…. 그 손은 늘 따뜻했었다.

그녀가 세상을 뜨기 며칠 전, 국화 옆에서 사진을 찍어주고, 핏빛 노을 속으로 사라지던 인주이모의 모습이 마지막이었다. 그녀의 푸른 치마가 지금도 동연의 눈에 선하다.

인주이모의 묘소 위로 정 원장과 설 여사의 상석이 보였다. 정 원장은 인주의 장례식은 가지 못했어도 인주이모 묘지는 해 바르고 물이 보이는 곳에 정성껏 가꾸었다. 그리고 자신도 그 위에 묻힌 것이다.

해강은 정 원장 부부의 묘 앞에서 절을 한다. 동연은 어머니에게서 들은 그들의 다사다난한 삶을 거슬러 생각해보지만 실감나지 않는다. 사실 그들은 더 이상 이곳에 있지 않다. 그들은 천 개의 바람이 되어 하늘 위를 날고 계실 것이다. 그리고 지상에 오직 살아남은 자들의 기억 속에만 살아 있다.

해강은 정 원장의 봉분에 난 잡초를 뽑기 시작한다. 한식에 벌초를 한 봉분은 거인의 머리통 같다. 벌써 또 잡초가 생겼다며 해강은 정성스레 그것들을 뽑는다. 사실 그녀는 열한 살 때 저세상으로 떠난 엄마보다는 마흔 살 가까이까지 함께 살았던 할아버지와의 추억을 되새김질할 일이 더 많을 것이다.

해강이 정 원장의 묘소를 돌보고 있는 동안 동연은 인주이모의 묘소 앞에 앉는다.

서쪽 하늘에서 노을이 붉게 물든다. 인주이모와 마지막 헤어질 때 노을 속으로 걸어가던 이모의 푸른 치마가 떠오른다.

그는 양복 안주머니 장지갑에서 사진 한 장을 꺼낸다. 어머니는 그 사진을 해강에게 주고 싶어서 동연을 이곳에 보냈을 것이다. 누렇게 퇴색한 흑백 사진 속에서 김단이 웃고 있다. 해강이 자신의 생부 존재를 이제는 알아도 되지 않을까? 혹시 정 원장이 가시기 전에 일러주었을 수도 있었다. 그래도 북에 있는 생부에 대해 말하지 못했을 수도 있었다.

시간이 흘러 역사가 되었다. 이제는 돌아갈 수 없는 강이다. 김단의 존재가 그렇다.

동연은 김단의 사진을 인주이모 상석에 올려놓는다. 그에게 신통력이 있어 단호하게 입을 다물고 있는 묘를 뚫고 인주이모 백골 옆에 안겨드리고 싶다. 서른두 살 인주이모에게 그렇게라도 서른네 살 김단을 묶어주고 싶다.

"그게 뭐야?"

정 원장 묘지 앞에서 토끼풀꽃으로 꽃시계를 만들며 내려온 해강이 묻는다. 노을이 그녀의 실루엣을 검게 비춘다.

그는 얼른 사진을 양복 안주머니에 넣는다. 해강이 눈을 반짝이며 묻는다.

"그거 우리들 사진이지? 우리 어렸을 적에 이모랑 여기 와서 찍었어."

생각은 난다. 정 원장이 카메라로 찍어주셨다. 그런데 그 사진은 모르겠다. 혹시 어머니에게 있을지도. 사진은 이모와 마지막 헤어질 때도 찍었다.

해강은 사진을 내놓으라고 조른다. 동연은 할아버지에게 인사드리러 올라가고 해강은 인주이모 묘소에 절을 한다.

김단은 이제 동연에게 없다. 그는 이미 인주이모 곁으로 가 있다. 어머니는 그렇게 김단을 인주이모 품으로 떠나보낸 것이다.

*

"집에 가서 저녁 먹자. 내가 맛있는 밥 해줄께. 너 옛날에 우리 집에서 밥 잘 먹었어. 기억나? 찬 녹차에 밥을 말아 보리굴비를 먹으면 맛있어. 오랜만에 '밥해 먹히고 싶은 사람'을 만나서 좋다. 이모 오시면 또 밥상을 차려야지. 이모가 좋아하시던 민어찜을 해드릴까?"

동연은 웃음으로 대답한다.

석양빛을 받은 해강의 눈이 맑다.

박제된 진실에 대해 말하고 싶었다

가끔 한국전쟁을 상기한다. 그 시대와 해후하기 때문이다. '글 쓰는 자는 매번 패배한다'는 고故 이어령 선생님의 말씀에 동감한다. 전대미문의 팬데믹 상황에서 내가 할 수 일는 일은 소설 쓰기 뿐이었다.

캄캄한 어둠이 창을 막아선 밤, 문득 고개를 들어보니 강 건너 불빛 두어 개가 저만큼씩 떨어져서 깜빡거리고 있었다. 고층 아파트의 형체까지 집어삼켜버린 어둠 속에서 아마도 가난한 시인이 노래를 읊조리고 있을 것이다. 다른 한곳에서는 내일을 살아야 하는 수험생들이 삶을 고단해하고 있을 것이다. 차츰, 나도 그들과 소통해보고 싶었다. 또한 내 방의 불빛이 그들에게도 한 줌 구원이 되기를 소망했다.

전쟁 중에 묻혀간 진실들을 하나쯤은 건질 목소리를 갖고 싶은 바람으로 겁 없이 이 일을 시작했다.

그러나 소설 쓰기는 신께서 내게 주신 선물이었으나 저주이기도 했다. 사는 동안 소설은 내게 희망이었으나 가슴 시린 외로움을 감내해야 했다. 그래도 소설은 아직도 내 영혼의 그리움이었다.

기왕에 내딛은 걸음, 나는 저 어둠을 밝히는 휘황한 횃불이 될 꿈은 애초에 갖지 못한다. 다만 단 한 점이라도 전쟁의 진실을 밝히는 불꽃으로 깨어 있고 싶다.

창 너머 보이는 하늘빛이 오늘 따라 청아하고 그 아래 흐르는 강은 유장하다.

강 앞으로 신록의 이파리들이 함성처럼 어우러져 햇살을 튕겨낸다.

그 모습이 꽃보다 더 찬란하다.

내 소설도 작은 잎사귀 한 잎만큼은 독자들에게 감동을 선물할 수 있을까?

감히 기대해본다,

졸작을 읽고 조언을 아끼지 않으신 이순원 선생님께 감사드립니다.
정성스럽게 책을 엮어준 도서출판 북인 대표님 수고하셨습니다.
『숨어 있는 생』을 읽어주신 독자님들, 애정합니다.

탈고한 소설을 읽어보니 박제된 새 한 마리가 외롭게 서 있었다. 슬픈 눈동자로.

2022년 화창한 봄날에

박명희 쓰다

박명희 장편소설
숨어 있는 생

지은이_ 박명희
펴낸이_ 조현석
펴낸곳_ 북인
디자인_ 푸른영토

1판 1쇄_ 2022년 05월 25일
출판등록번호_ 313 - 2004 - 000111
주소_ 121 - 842 서울 마포구 서교동 460 - 34, 501호
전화_ 02 - 323 - 7767
팩스_ 02 - 323 - 7845

ISBN 979 - 11 - 6512 - 052 - 8 03810